-A.W. BENEDICT-

Beanstock

-ERMITTELT-

RACHE
KALT SERVIERT

Der elfte Fall

Facebook: A.W. Benedict
Instagram: @awbenedict_autorin
Website: awbenedict.de
Management: C. Wieduwilt

Umschlaggestaltung: www.wolf-photoart.de
Schriftdesign: Tobias Wieduwilt

Korrektorat: SchriftWerk - Jona Gellert

Herstellung und Verlag: BoD – Books on
Demand, Norderstedt
ISBN 9783758313172

Bibliografische Information der Deutschen Nationalbibliothek:
Die Deutsche Nationalbibliothek verzeichnet diese Publikation in der Deutschen Nationalbiblio-
grafie; Detaillierte bibliografische Daten sind im Internet abrufbar.

-A.W. BENEDICT-
Beanstock
-ERMITTELT-

RACHE
KALT SERVIERT

Der elfte Fall

Gram, der nicht spricht,
presst das beladene Herz, bis
dass es bricht.

William Shakespeare
(Macbeth, IV. Akt, 3. Szene)

Das Herz einer Mutter

London, August 1942

Mein lieber Sam,

wie lange du nun schon fort bist. Seit dem Februar habe ich keinerlei Nachrichten von dir erhalten. Ich weiß, du hattest beim Abschied gesagt, ich solle mir nicht zu viele Sorgen machen. Wer den Namen Sam Kindly tragen würde, sei ein Glückskind, hast du gemeint und gelacht. Wir vermissen dein glückseliges Lachen. Aber eine Mutter macht sich ständig Sorgen. Das liegt in ihrer Natur.

In der letzten Woche habe ich für den Spitfire-Fond gespendet. Es gibt mir einfach das gute Gefühl, dass ich etwas für dich tun kann, mein lieber Sohn. Allzu oft schaue ich hinauf in den Himmel und stelle mir vor, wie du mit deiner Maschine dort oben fliegst. Ich sehe vor mir, wie du deine alte Mutter auslachst. Lache nur ordentlich, lachen hilft immer.

Ich hoffe, du bekommst genug zu essen.

Hier ist es jetzt noch etwas schlimmer geworden. Rationierungen gab es ja schon. Aber nun wird seit einiger Zeit auch die Kleidung rationiert. Frauen können Wollkleider und zwei Paar Schuhe kaufen.

Wie soll ich deiner kleinen Schwester erklären, dass sie sich kaum etwas Hübsches aussuchen kann. Und auch die Schuhe sind nicht gerade modisch. Sie hat sich bitterlich bei mir beschwert, dass die Schuhe, die ich ihr gekauft habe, drücken und hässlich seien und das braune Wollkleidchen kratzen würde. Du kennst ja unsere kleine Martha. Aber mit Süßigkeiten kann ich sie immer noch beruhigt bekommen. Auch die Leckereien sind stark rationiert. Ich gebe es der Kleinen gern. Sie hat es schwer genug. Die Kinder müssen zwischen Ruinen spielen. Aber aus London wegschicken, mag ich meine Martha nicht.

Der schlimme Angriff der Bomber vom letzten Jahr hat so viele Opfer gefordert. Sogar Big Ben wurde von einer Bombe getroffen. Aber geläutet haben seine Glocken doch noch lange danach. Das gab uns allen irgendwie Hoffnung.

Seitdem die Italiener sich im Kampf an die Seite der Deutschen gestellt haben, kommt es hier in London zu seltsamen Vorkommnissen. Stell dir nur vor: Der liebe Giovanni, der sein kleines italienisches Restaurant betrieben hat, wurde böse angefeindet. Man hat ihn beschimpft. Dabei ist er doch hier geboren. Was für ein Unsinn. Nun hat er seine Gaststätte umbenannt. Aus Giovannis Taverne wurde Georges British Restaurant. Die Menschen verallgemeinern viel zu schnell und suchen sich zu gerne einen Sündenbock.

Dazu kommen die Lebensmittelrationierungen. Wir alle hier strengen uns an, um zurechtzukommen. Wenn es nur euch dort in der Fremde gut geht.

Es ist jetzt August und schon so warm. Wie heiß

muss es erst in Nordafrika sein. Darum muss ich dich nicht fragen, ob du warm genug angezogen bist. Ich glaube, es war ziemlich dumm von deiner Mutter, dir Wollsocken mitzugeben. Aber damit hast du wenigstens ein kleines Teil aus der Heimat, das dich an uns erinnert.

In deinem letzten Brief hast du uns so viel über Ägypten erzählt. Wo El-Alamein liegt, haben wir auf der Karte gefunden. Ein ganz kleiner Punkt in der Wüste. Martha hat eine Nadel aus meinem Nähzeug genommen und einen roten Knopf auf die Karte gesteckt. Da ist mein Bruder, hat sie gemeint. Das gute Kind.

Weit ist die Küste nicht entfernt, aber du meintest ja, ihr seht sie nicht von eurem Stützpunkt aus. Nun bist du also nicht mehr auf Malta stationiert. So lange ist dein letzter Brief her. Ich habe nachgefragt, aber man konnte nur sagen, dass es in Nordafrika im Moment wichtigere Dinge zu regeln gibt, als Briefe zu schreiben. Diese Herren haben gut reden.

Mein lieber Sam, gut, dass ich Sir Mortimer an deiner Seite weiß. Er ist ein guter Captain und Corporal Harper wird ebenfalls auf dich achten. Da bin ich sicher. Pass nur gut auf dich und den Zustand deines Flugzeuges auf. Höre auf deine Vorgesetzten und gehe keine unnötigen Risiken ein. Ich weiß, du willst dich bewähren. Du warst so aufgeregt und enthusiastisch, als du von hier losgefahren bist. Das war das letzte Mal, dass ich dich umarmen durfte.

Mein lieber Junge, wir denken an dich. Liebe Grüße von der kleinen Martha. Sie hat ein Bild für dich gemalt und ich stecke es mit in den Brief. Ich *finde, sie hat deine Spitfire recht gut getroffen.*

Liebe Grüße und viele Küsse von deiner Mutter Heather.

London, November 1942

Sehr geehrte Mrs Kindly,
    in Ausübung seines überaus heldenhaften Kampfes kam der Royal Air Force Pilot Sam Kindly ...

London Chelsea

Das Royal Hospital Chelsea lag im Glanz der untergehenden Sonne. Längst waren die Trümmer beseitigt, die die verheerende Bombe im letzten Weltkrieg hinterlassen hatte. Frieden, endlich.

Das säulengeschmückte Hauptportal hieß erneut seine Kriegsveteranen willkommen. Seit ein paar Jahren auch die Männer aus dem Zweiten Weltkrieg.

Die langen Holztische in der Great Hall wurden gerade eingedeckt und für das Dinner vorbereitet. In den nächsten Jahren waren weitreichende Restaurierungen geplant, um dem Anwesen seinen alten Glanz zurückzugeben.

Man dachte darüber nach, die Zimmer der Pensionäre zu vergrößern. Im Moment waren die Zimmer sehr klein. Den wachsenden Bedürfnissen der Bewohner musste Rechnung getragen werden.

Auf dem Vorplatz flanierten Gruppen von Veteranen. Zwischen den Säulen des Eingangsportals erschien ein Herr. Er trug, wie alle Pensionäre des Hauses, die rote Sommeruniform und den Dreispitz auf dem Kopf. An seiner linken Brustseite reihten sich Orden an farbigen Bändern. Etwas unterschied ihn von den anderen Mitbewohnern. Denn in seiner rechten Hand lag ein goldglänzender Säbel und in diesem Moment hob er ihn hoch gen Himmel.

Mit lautem Geschrei lief er auf den weitläufigen Rasenplatz vor dem Hauptportal hinaus und rief dabei unverständliche Worte. Die Veteranen hatten den Mann kaum eines Blickes gewürdigt. Sie kannten den alten Herrn und seine Anwandlungen bereits.

Aus einer der Gruppen ging ein Herr, vorsichtig die Hände erhoben, auf den säbelschwingenden Pensionär zu und stellte sich ihm in den Weg.

„Hamish, was soll denn das? Du weißt doch, dass es keinen Angriff gibt. Heute ist ein friedlicher Tag. Warum gehen wir nicht hinein und du begibst dich einen Moment zur Ruhe?", fragte der Herr in versöhnlichem Tonfall.

Der Mann mit dem Säbel, Wing Commander ade Hamish Murdoch, ausgezeichnet mit dem Air-Force-Cross für heldenhafte Dienste während eines Einsatzes, Angehöriger der Streitkräfte des Vereinigten Königreichs, seit fünf Jahren im Heim für Veteranen, senkte seinen Säbel.

„Ich habe sie doch gehört, Sir. Es war eine Messerschmitt. Ich habe sie doch wirklich gehört. Das tiefe Brummen der Motoren über meinem Kopf, das Rattern der Kanonen. Beinahe konnte ich den Piloten in seinem Cockpit erkennen", flüsterte Hamish.

„Natürlich hast du sie gehört. Aber heute ist der Angriff abgesagt. Es gab Entwarnung. Hast du sicher wieder überhört, alter Freund. Wir gehen jetzt hinein und du gibst dem armen Walter den Säbel zurück. Was meinst du? Wollen wir es so machen?", fragte Commander ade John Harris. Er war der einzige

Mann im Haus, auf den Hamish hörte. Sie waren zusammen gewesen, damals in der Wüste.

Die Wüste.

Sand, Hitze und Staub hatten so manchen Soldaten um den Verstand gebracht. Viele noch zu jung, um zu ermessen, was da auf sie zukam.

Wie war es in der Schule gewesen? Es ist ein glorreicher Kampf, hatte man ihnen gesagt. Das Böse darf nicht siegen. Ihr alle werdet als Helden zurückkehren. Aber die Mütter hatten oft vergebens auf ihre Söhne gewartet. Der Wüstensand gab seine Opfer nicht zurück. Zu viele verrotteten unter der heißen Sonne Nordafrikas und auf den anderen Schlachtfeldern des Krieges.

John Harris legte seinen Arm um Hamishs Schulter und schob ihn mit sanftem Druck in Richtung der großen Hauptür. Bevor die beiden den Wohnbereich betraten, nahm er seinem alten Freund den gefährlichen Säbel ab.

Sie gingen über die Treppe nach oben und dann rechts in den Bereich, wo sich die winzigen Zimmer der Veteranen befanden. Vor einem der Zimmer saß ein zusammengesunkener Herr und schlief. Sein Dreispitz war leicht verrutscht.

John Harris rüttelte an der Schulter des Mannes.

„Walter, hörst du, Walter?", fragte er und versuchte, den Mann wach zu bekommen. „Rekrut Walter zum Rapport!", rief der Commander laut.

Mit einem letzten kurzen Schnarcher erwachte Walter, sprang auf, stand stramm, die Hände an der seitlichen Hosennaht und den Blick stur geradeaus. Als er erkannte, wer da vor ihm stand, entspannte er sich sofort, sah dann aber erschrocken auf seinen Säbel.

„Ich war nur ganz kurz eingenickt. Wie schafft Hamish das immer wieder, den Säbel aus dem Zimmer zu holen, ohne dass ich es merke? Was kann man da nur tun?", fragte er leise. John Harris könnte ihm sagen, wie Hamish das machte. Er wartete einfach auf eines der vielen Nickerchen, die Walter über den Tag verteilt machte. Aber er sagte nichts. Walter hatte sich seinen Schlaf mehr als verdient.

„Ich habe dir bereits einen Vorschlag gemacht. Warum bringst du den Säbel nicht zu den anderen Waffen in den Museumsbereich? Dort wird man sich freuen, ein neues Ausstellungsstück zu bekommen. Und hier in deinem Zimmer ist er nicht gut aufgehoben."

Walter nickte zustimmend.

„Ja, du hast vollkommen recht. Ich werde ihn sofort wegbringen. Dann kommt Hamish nicht mehr in Versuchung. Wie schnell kann etwas schiefgehen, wenn er damit herumfuchtelt", erklärte Walter, nahm den Säbel und ging durch den Flur zur Treppe. Hamishs trauriger Blick folgte der goldglänzenden Waffe.

Commander ade John Harris schob Hamish ein paar Türen weiter zu dessen Zimmer. Er öffnete die Tür, half ihm, die Jacke auszuziehen und auf einem Bügel an dem dafür vorgesehenen Haken vor der Tür zu hängen. Dann wartete er, bis Hamish auf seinem Bett lag, und legte eine Wolldecke über seine Beine.

„Schlaf ein bisschen, alter Freund. Ich hole dich später zum Dinner ab. Und keine neuen Ausflüge, versprochen?"

Hamish drehte sein Gesicht zur Wand und schlief fast sofort ein.

John seufzte.

Vielleicht sollte er im Hospital anfragen, ob man etwas für Hamish tun konnte. Seine Verwirrtheit nahm extreme Formen an in der letzten Zeit. Doch solange er niemandem etwas antat, wollte John ihn lassen. Er hatte Ruhe verdient.

Nach einer Stunde fanden sich die ersten Pensionäre in der Great Hall zum Essen ein. Es duftete nach Eintopf, einem sehr beliebten Essen hier im Royal Hospital.

Fröhlich plaudernd nahmen die Veteranen ihre angestammten Plätze ein. Hamish fehlte.

John Harris hätte fast vergessen, dass er ihn zum Dinner hatte abholen wollen.

Als er das Zimmer seines Freundes betrat, lag Hamish nicht mehr in seinem Bett. Auf dem Boden vor dem Bett lag ein zerbrochenes Glas. Er schaute vor dem Zimmer nach, aber die rote Uniformjacke hing an ihrem Platz. Auch der Dreispitz lag auf dem Regal.

Er fand Hamish Murdoch nach langem Suchen, an dem sich auch die Pflegekräfte beteiligt hatten, auf dem unteren Absatz der breiten Steintreppe. Er musste gestürzt sein. Obwohl man in weiser Voraussicht die Treppenstufen im Haus extra flach gehalten hatte, um den Veteranen das Treppensteigen zu erleichtern, war der alte Hamish gestolpert und die gesamte Treppe hinuntergestürzt. Es musste so gewesen sein. Vielleicht war ihm schwindlig geworden.

Commander John Harris saß traurig neben seinem Freund aus Kriegstagen. So einen Abgang hatte er nicht verdient.

Der hinzugezogene Arzt ordnete eine Obduktion an und stellte eine seltsam hohe Konzentration eines Schlafmittels im Blut des Veteranen fest. Niemand konnte sich diese Tatsache erklären. Eine weitreichende Untersuchung wurde nicht angeordnet.

Hamish wurde mit allen Ehren begraben. Seine Orden, auf die er so stolz gewesen war, kamen in die Vitrine des Hauses. Dort wurden alle Auszeichnungen von verstorbenen Veteranen verwahrt, die keine Angehörigen besaßen.

Am Abend nach der Beisetzung saß Commander ade John Harris im Schreibzimmer des Hauses und verfasste einen Brief.

Er berichtete von den letzten Wochen, erzählte von den Problemen mit Hamish und stellte nochmals Hamish Murdochs Heldenmut heraus.

Er beendete den Brief mit den Worten:

Ich hoffe, in Ihrem Sinne gehandelt zu haben, Sir Mortimer, dass ich Ihnen sofort davon berichtet habe. Sie waren in den Kriegstagen sein Vorgesetzter und er sprach sehr oft in den höchsten Tönen von Ihnen.

Hochachtungsvoll Flying Commander ade John Harris.

Er steckte den Brief in einen Umschlag, klebte eine Marke darauf und adressierte ihn.

Sir Mortimer, Earl of Southcoffelton.
Wasserschloss, Pilpots.

Parsley Field

Lucinda, das Pflegekind des Butlers, stand vor Beanstocks Büro und trat von einem Bein auf das andere. Immer wieder warf sie einen Blick auf das Blatt Papier in ihren Händen. Es war dicht beschrieben und am Ende gab es einen amtlichen Stempel. Die Direktorin der Schule, auf die Lucinda und ihre beste Freundin Bronté gingen, hatte ihr den Brief bereits vor ein paar Tagen mitgegeben.

Die Schule war im Nachbarort Pilpots und die beiden Mädchen wurden an jedem Tag mit einem Schulbus dorthin gebracht. Der etwas in die Jahre gekommene Bus sammelte reihum die Kinder in den Dörfern ein und brachte sie zur Schule.

Gestern hatte Bronté gefragt, ob Lucinda den Zettel abgegeben hatte. Das Mädchen hatte den Kopf geschüttelt. Sie hatte ihre Freundin gefragt, was sie tun solle. Sie wisse einfach keinen Ausweg. Bronté hatte daraufhin gemeint, dass sie es nur hinausschob. Irgendwann würde die Direktorin bei Mr Beanstock anrufen und nachfragen, warum sie den Zettel nicht bereits unterschrieben zurückbekommen hatte.

Nun stand das Mädchen vor der Bürotür des Butlers und hob die Hand, um zu klopfen. Sie ließ sie wieder sinken. Dann lief sie durch den Flur im Dienstbotentrakt, die hintere Treppe hinauf und in ihr Zimmer.

Der Gedanke, der ihr gekommen war, würde alles vielleicht noch schlimmer machen. Aber es war einen Versuch wert. Sie setzte sich an ihren Schreibtisch, der vor dem Fenster stand und einen wunderbaren Blick in den Garten bot. Aber für die Blütenpracht hatte sie heute keinen Blick übrig. Sie legte das Papier vor sich hin und griff zu ihrem Füllhalter.

Lucinda schlug ihr Notizbuch auf, klein und schwarz wie das von Mr Beanstock, und blätterte darin, bis sie die passende Seite gefunden hatte. Da war es. Ihr Pflegevater hatte ihr dort etwas notiert. Sie blickte auf das Blatt und auf die Notiz im Buch. Einen Moment kamen die Zweifel an der Richtigkeit ihres Handelns zurück. Aber sie dachte, keine Wahl zu haben.

Dann begann sie zu schreiben. Es waren nicht viele Worte nötig.

Lucinda Parish soll auf der Schule in Pilpots bleiben und nicht auf die weiterführende Secondary School in Maidstone wechseln. Nun die Unterschrift. Das war schwieriger, sie schrieb einfach in dem Stil weiter. *Arthur Beanstock.*

Sie besah sich das Blatt Papier und war sehr zufrieden mit ihrem Werk. Doch ein erschreckender Gedanke kam ihr in den Sinn. Natürlich würde die Direktorin trotzdem bei Mr Beanstock anrufen. Sie war eine furchtbar korrekte Person. Lucinda hatte sie schon in Höchstform erlebt. Für Miss Glason musste alles überkorrekt ablaufen. Schon morgens, beim

16

Überprüfen der Anwesenheit, wurden reihenweise Listen abgehakt und abgefragt, ob man auch alle Hausaufgaben gemacht und das nötige Schulmaterial für den Tag dabeihatte.

Miss Glason liebte Listen und Papiere.

Das könnte Lucinda zum Verhängnis werden. Aber was würde passieren, wenn sie es nicht versuchte? Sie würde ihr geliebtes Heim verlassen müssen, ihre Freunde kaum noch sehen, Junior nicht mehr ausführen können und vor allem Mr Beanstock nur noch an den Wochenenden oder vielleicht sogar nur noch einmal im Monat treffen. Und Señor Gonzales hatte versprochen, ihr alles beizubringen, was man über Autos wissen musste. Das alles würde nicht gehen, wenn sie fort wäre. Sofort schossen erneut Tränen aus den Augen des Kindes. Es sah in seiner Fantasie eine schreckliche Szene vor sich.

Sie stand mit einem kleinen Koffer vor der Tür eines riesigen unheimlichen Gebäudes. Mr Beanstock war soeben zu Gonzales in den Wagen gestiegen und winkte ihr nur kurz zu. Der Wagen verschwand in einer nebligen Ferne. Die große Tür des Hauses wurde mit einem lauten Knarren geöffnet. Eine Frau erschien in der offenen Tür. Sie sah gruselig aus, riesengroß, hager mit einer gebogenen Nase und stechendem Blick. Ihre knochige Hand griff nach Lucinda. Du gehörst nun hierher und nicht mehr nach Parsley Manor, rief sie ... Lucinda schüttelte den Kopf. „Verdammte Fantasie." Sie hatte das nicht laut gesagt, sah sich aber trotzdem erschrocken um, ob der Butler etwas gehört haben könnte. Schließlich durfte sie nicht fluchen.

Sie faltete das Blatt, steckte es in ihre Schulmappe und holte tief Luft. *Wird schon gut gehen*, dachte sie.

Die Tür zu ihrem Zimmer wurde geöffnet.

„Luci, der Bus, du bist viel zu spät dran! Na los, auf, auf!", rief Mrs Argyle.

Luci sprang schnell auf.

Das war noch mal gut gegangen.

Sie griff ihre Tasche, lief an der Hausdame vorbei zur Treppe und verschwand wie der Blitz aus dem Haus, ohne noch ein Wort zu sagen. Mrs Argyle lächelte. Obwohl sie es seltsam fand, dass Luci so ohne ein Wort verschwunden war. Das sah ihr nicht ähnlich. Ansonsten bekam Mrs Argyle an jedem Morgen eine Umarmung. Irgendetwas in ihrem Hinterkopf ließ eine Alarmglocke läuten. Sie nahm sich vor, am Abend mit dem Mädchen zu reden. Mr Beanstock musste nichts davon erfahren.

Inzwischen war Lucinda am Bus angekommen, stieg schnell ein und setzte sich neben Bronté.

„Und? Was willst du tun?", fragte ihre Freundin.

„Ich habe mir was ausgedacht. Miss Glason bekommt heute ihren Wisch", sagte sie und verschränkte die Arme.

„Was zur Hölle hast du getan? Du hast dich doch wohl nicht in Schwierigkeiten gebracht? Luci, meinst du, das ist es wert?", fragte Bronté.

„Ich will hierbleiben. Da ist alles erlaubt."

Der heutige Tag auf Parsley Manor war genaustens geplant. Die Baronets erwarteten den Earl of South-coffelton und seine Gattin Lady Marjorie zum Dinner. Die Herrschaften trafen sich auf die Bitte Sir Mortimers hin bereits am Nachmittag zum Tee. Er hatte etwas mit Sir Percival zu besprechen, was nicht warten konnte. Der Earl machte ein großes Geheimnis daraus und wollte am Telefon nichts darüber sagen.

Pünktlich um sechzehn Uhr fuhr der Wagen vor. Lady Marjorie war eine erfahrene und aber auch sehr abenteuerlustige Fahrerin. Sie hatte eine Vorliebe für schnelle Autos und brachte ihren Gatten so manches Mal zum Verzweifeln. Sir Mortimer saß meist mit geschlossenen Augen neben ihr. Er wollte nicht sehen, in welchen Graben seine liebe Gattin den guten Wagen katapultierte.

Während der Teestunde äußerte sich Sir Mortimer nicht über sein Anliegen. Obwohl ihn sein Freund darauf ansprach. Ihm fiel auf, dass Sir Mortimer, ganz entgegen seiner Natur, am heutigen Tag ziemlich still am Tisch saß und seinen Tee trank. Er schien tief in Gedanken versunken zu sein.

Nach dem Tee wollten die Damen einen ausgedehnten Spaziergang im nahen Wald unternehmen, während sich die Herren in die Bibliothek auf einen Whisky zurückziehen würden.

Durch die vielfältigen Aufgaben an diesem Tag entfiel es Mrs Argyle vollkommen, Lucinda nach ihrem Befinden zu befragen. Das Dinner wurde im Essraum vorbereitet, Blumengestecke für den Tisch gebracht, das gute Geschirr begutachtet und die notwendigen Gläser geputzt. Der Rotwein, von Beanstock aus dem Weinkeller heraufgeholt, musste dekantiert werden und der Weißwein wanderte in die Kühlung.

Mrs Porkpie lief wie ein aufgeregtes Huhn durch die Küche. Sie war Dinner mit vielen Personen durchaus gewohnt, doch heute hatte sich Lady Fedora etwas ganz Besonderes gewünscht.

Filet Wellington war für die Köchin normalerweise kein Problem, sie hatte es nur seit langer Zeit nicht mehr gezaubert. Die Baronets bevorzugten einfache Gerichte. Die Küche auf Parsley Manor war sehr gut, aber eher bodenständig. Abgesehen natürlich von den Kuchen und Nachtischkreationen. Sir Percival und auch Sir Mortimer waren wahre Naschkatzen.

Der Sommer war vorbei und der Herbst war schon zu spüren. Da musste Mrs Porkpie für den Nachtisch auf ihre guten eingemachten Köstlichkeiten zurückgreifen. In der kühlen Vorratskammer stand seit gestern Abend eine dreistöckige Kirschcremetorte. Ein wahres Meisterwerk.

Beanstock servierte den Herren Aperitifs in der Bibliothek. Die Damen waren nach oben gegangen. Lady Fedora wollte ihrer Freundin ihr neuestes Buch vorstellen, bevor sie einen Spaziergang unternehmen würden.

Beanstock verließ kurz die Bibliothek und ging nach nebenan in den Essraum. Die Tafel musste ein letztes Mal kontrolliert werden. Zu diesem Zweck hatte er sein Lineal dabei. Der Abstand zu Gläsern, Besteck und Tellern musste exakt sein. Das ließ er sich nicht nehmen.

Das Telefon klingelte. Mrs Argyle kam gerade aus der Küche und nahm in der Halle den Hörer ab.

„Parsley Manor, Sie sprechen mit Mrs Argyle",

meldete sie sich. Dann hörte sie dem Anrufer zu.

„Hat das vielleicht Zeit bis morgen, Miss Glason?", fragte sie. Die Direktorin der Schule aus Pilpots war am Telefon. Die Dame wollte nicht warten.

„Einen Moment bitte. Ich werde Mr Beanstock an den Apparat holen."

Mrs Argyle war sicher, dass sie heute Morgen das richtige Gefühl gehabt hatte. Mit dem Mädchen stimmte etwas nicht. Nun rief die Direktorin an. Das konnte nur Unheil bedeuten. Sie ging in das Esszimmer und informierte Mr Beanstock.

„Hätte das nicht Zeit bis morgen?", fragte der Butler, genau wie die Hausdame. Sie verneinte.

Er verstaute das kleine Klapplineal sorgfältig in seiner Jacketttasche, ging in die Halle, griff zum Telefonhörer und meldete sich. Dann hörte er zu und seine Miene verdunkelte sich bei jedem Wort der Direktorin. Er räusperte sich lautstark.

„Ich bin überzeugt, dass es ein Missverständnis gegeben hat, Miss Glason. Ich werde mich morgen bei Ihnen zu einem Gespräch einfinden. Passt Ihnen acht Uhr? Gut. Auf Wiederhören."

Der Butler legte den Hörer auf und sah Mrs Argyle verstört an. Die Hausdame ärgerte sich, dass sie nicht sofort heute Morgen mit dem Mädchen gesprochen hatte. Was hatte Lucinda nur angestellt?

„Ich habe im Moment keine Zeit, das nötige Gespräch zu führen. Das muss warten", sagte er.

„Ach bitte, Mr Beanstock, nicht böse sein. Das Mädchen hat es sicher nicht so gemeint, ganz egal, was es angestellt hat. Es ist ein gutes Kind. Seien Sie nicht zu streng. Denken Sie immer daran, dass wir alle auch einmal klein waren. Jeder war zuerst ein Kind", sagte sie.

Der Butler nickte und ging an seine Arbeit zurück.

In der Bibliothek saßen die beiden Herren in den dicken braunen Ledersesseln vor dem Kamin und sahen dem prasselnden Feuer zu. Die Abende wurden kühler und Harrison hatte vor einer Stunde den Kamin angefeuert.

„Nun mach es aber bitte nicht ganz so spannend, alter Freund", sagte Sir Percival.

Sir Mortimer griff in seine Jacketttasche und zog einen Brief heraus. Er reichte ihn hinüber, ohne ein Wort zu verlieren. Sir Percival sah den Stempel des Royal Hospital in Chelsea. Er nahm den Bogen Papier heraus und las.

„Guter alter Hamish. Kein sehr schöner Abgang für einen Diener der Krone. Ich denke, ohne ihn würdest du hier nicht mit mir bei einem guten Getränk sitzen, oder?"

Sir Mortimer nickte.

„Du weißt, wie das war. Du warst selbst zu dieser Zeit in Nordafrika. Schlimme Zeit. El-Alamein. Aber wir haben es geschafft. Damals im November zweiundvierzig haben wir den Achsenmächten gezeigt, wo der Hammer hängt. Ja, Hamish hat mir das Leben gerettet. Aber zu welchem Preis? Er hat sich damals eine schwere Kopfverletzung zugezogen, als er mich bei diesem furchtbaren Angriff aus der Schusslinie gezogen hat", sagte der Earl of Southcoffelton.

„Danke, dass du es mir gesagt hast", sagte der Baronet. „Trinken wir auf Hamish Murdoch, Offizier der Royal Air Force."

Es wurde einen Moment sehr ruhig im Raum. Nur das Knacken des Holzes im Kamin unterbrach die Stille. Die beiden Herren hingen ihren Gedanken nach. Sir Percival sah sich erneut in der Wüste. Die Hitze, die Gefechte und die abstürzende Spitfire. Er würde diesen Tag niemals vergessen.

Damals war Gonzales sein Fahrer gewesen. Nach dem Krieg hatte er den jungen Mann zu sich nach Parsley Manor geholt. Das hatte er bis heute nicht bereut.

Die Ruhe im Raum wurde unterbrochen durch die Damen, die mit fröhlichem Geplauder die Bibliothek betraten.

„Hast du deinem Freund die Einladung gezeigt, Darling?", fragte Lady Marjorie.

„Eine Einladung? Wir sprachen soeben über einen alten Freund", sagte Sir Percival und sah Mortimer fragend an.

„Habe ich doch total vergessen", sagte der Earl und griff erneut in seine Jacketttasche. „Sieh dir diese Einladung an, Perci. Sie ist von unserem alten Commodore Trevelyan. Stell dir vor, er sitzt auf einer Insel irgendwo im Nirgendwo und scheint sich zu langweilen. Er hat mich eingeladen und ich dachte, du kommst mit. Was denkst du? Ich habe bereits bei dem Commodore angefragt. Er würde sich freuen, dich wiederzusehen. Auch wenn du in einer anderen Truppe gewesen bist. Wäre ein schöner Ausflug in die Vergangenheit, die alten Kriegskameraden treffen, Geschichten erzählen und einen guten Tropfen hält der Commodore sicher auch für uns bereit. Wir beide. Was meinst du dazu?"

Sir Percival überlegte nicht lange.

Er nickte zustimmend und rieb sich die Hände.

„Da werde ich dann endlich die Gelegenheit bekommen, meine neuen Samtschuhe von *Crocket & Jones* zu tragen. Feinste englische Schuhe von Hand hergestellt. Diese Manufaktur gibt es seit 1879. Mein Vater war immer so stolz auf seine handgefertigten Samtschuhe. Dazu mein neues Samtjackett."

Lady Fedora sah ihren Gatten entgeistert an.

„Mein Lieber, ich denke, das ist dort nicht angebracht. Bedenke, ihr werdet am Meer sein, da gibt es Feuchtigkeit, salzige Luft. Die guten neuen Samtschuhe werden Schaden nehmen."

Sir Percival machte ein trauriges Gesicht. Letztendlich musste er seiner Gattin zustimmen. Salzige Luft und Sand vertrugen sich nicht mit handgefertigten Samtschuhen, auch wenn er versprach, die guten Schuhe nur im Haus tragen zu wollen.

Beanstock, der gerade mit den Aperitifs für die Damen hereinkam, wollte etwas erwidern, bekam aber einen Blick von Lady Fedora, der ihn daran hinderte. Sie konnte sich denken, was er sagen wollte.

Er hatte anmerken wollen, dass er gut auf die Kleidung des Baronets achten würde. Die Schuhe würden von ihm vor Schaden bewahrt werden. Dann sagte der Earl of Southcoffelton etwas, das Beanstock innerlich aus der Fassung brachte. Die Schuhe waren vergessen.

„Deinen Butler brauchst du diesmal nicht mitzunehmen. Ich dachte mir, wir geben dem guten Henry, unserem neuen jungen Butler, eine Chance, sich zu beweisen", sagte Mortimer und sein altes, verschmitztes Lächeln kam auf sein Gesicht zurück.

Beanstock glaubte, seinen Ohren nicht zu trauen. Er schluckte schwer, fing sich aber sofort wieder, servierte den Damen die Getränke und verließ die Bibliothek. In der Halle hielt er kurz den Atem an. Sein Schutzbefohlener wollte ohne ihn verreisen? Er schloss seine Augen, dann räusperte er sich und ging an seine Arbeit zurück.

„Na bestens", sagte inzwischen Lady Marjorie. „Wir werden uns auch etwas Schönes ausdenken, Fedora. Die Insel liegt vor der Küste von Cornwall. Was hältst du davon, wenn wir uns in diesem wunderbaren Landstrich ein paar Tage gönnen."

„Eine wundervolle Idee, meine Liebe. Bevor die kalte Jahreszeit beginnt. Wann reist ihr zu dem Commodore?", fragte Fedora.

„Schon in zwei Wochen", erwiderte Lord Mortimer.

Das abendliche Dinner verlief entspannt. Das Essen war Mrs Porkpie wie immer gelungen und die Torte am Ende brachte ihr ein großes Lob ein. Mr Beanstock war in der gesamten Zeit eher still gewesen, was dem gesamten Personal natürlich aufgefallen war.

Nachdem die Freunde der Baronets auf dem Heimweg waren, das Geschirr gespült, das Esszimmer aufgeräumt und die Baronets zur Ruhe gegangen waren, hatte Beanstock noch eine Aufgabe zu erledigen, die ihm gar nicht gefiel.

Er ging zu den Schlafräumen des Personals hinauf und klopfte an Lucindas Tür. Es war spät, aber er wusste, dass sie noch wach war. Unter der Tür war ein schwacher Lichtschein auszumachen. Aus dem Zimmer erklang ein klägliches Herein, fast so als würde eine Katze miauen.

Der Butler öffnete die Tür, zog sich einen Stuhl an das Bett des Mädchens und sah sie erwartungsvoll an.

Lucinda ahnte bereits, was auf sie zukam. Doch den Wasserfall, der in diesem Moment aus ihren Augen auf die Bettdecke fiel, hatte Beanstock nicht vorausgesehen. Das Mädchen zog sich die Decke über den Kopf.

„Es tut mir so leid! Jetzt schicken Sie mich fort!", rief sie unter der Decke hervor. Beanstock musste sich anstrengen, das Mädchen zu verstehen.

„Woher weißt du denn, um was es geht? Vielleicht wollte ich dir nur erzählen, dass wir in der nächsten Woche in ein Theater gehen werden. Da wolltest du doch schon immer einmal hingehen."

Sofort erschien der verwuschelte Kopf des Mädchens.

„Wirklich?", fragte es hoffnungsvoll.

„Natürlich nicht!", rief der Butler und stand auf. Er lief im Zimmer auf und ab.

„Was hast du dir dabei gedacht, junge Dame? Hast du nicht daran gedacht, dass die ganze leidige Geschichte herauskommen könnte? Du kennst doch Miss Glason mittlerweile sehr gut. Sie muss alles hundertmal überprüfen, bevor sie zufrieden ist."

„So wie Sie auch, Mr Beanstock, oder?"

Der Butler hustete kurz. Hatte da nicht irgendjemand gekichert vor der Tür des Zimmers? Er atmete tief ein und setzte sich erneut. Dann griff er in seiner Jacketttasche zu einem frischen Taschentuch und reichte es dem Mädchen.

„Wisch die Tränen fort und berichte! Sei froh, dass du das gesamte Personal an deiner Seite hast. Man hat mich darauf aufmerksam gemacht, dass ich Milde walten lassen sollte."

Lucinda erzählte. Alles von Anfang an. Von dem Schreiben, in dem sie nach Maidstone auf die *Secondary School* versetzt werden sollte, bis hin zu ihrer Angst, ihr Heim zu verlassen, und dem Versuch, durch die Fälschung davonzukommen. Am Ende meinte sie, dass sie froh sei, dass es heraus war. Ihr Gewissen plagte sie.

Beanstock dachte eine ganze Weile nach. Er hatte die Augen geschlossen, um sich besser zu konzentrieren.

„Schlafen Sie, Sir? Es war sicher ein langer anstrengender Tag, nicht wahr?", fragte Lucinda.

„Ich schlafe nicht", sagte der Butler. Lucinda zuckte zusammen.

„Du kannst dir vorstellen, wie unangenehm der Besuch morgen in deiner Schule für mich sein wird. Aber ich verstehe deine Intention ..."

„Ich habe das Schreiben gefälscht, nicht diese Inten ... dingsda", sagte das Mädchen.

„Intention, Mädchen, Intention. Das bedeutet, ich verstehe deine Absicht. Mit Miss Glason werde ich mich einigen. Was die Versetzung nach Maidstone betrifft, denke ich, dass wir damit noch mindestens ein Jahr warten sollten. Soviel ich weiß, muss Bronté Pitsch ab dem nächsten Jahr auch auf die *Secondary School* gehen. Sie ist etwas jünger als du. Deshalb erst im nächsten Jahr. Was meinst du? Wäre das eine Option? Wir finden sicher bis dahin eine Lösung."

Lucinda nickte so stark, dass ihr gesamtes Bett wackelte. Sie sprang auf und umarmte ihren Pflegevater.

„Vielen Dank, Sir. Das ist so lieb. Ich werde auch ganz artig sein. Versprochen."

„Versprich lieber nicht zu viel, mein Kind. Natürlich wirst du wissen, dass ich diese Sache nicht so einfach durchgehen lassen kann. In diesem Haus muss ich mich auf jeden Einzelnen verlassen können. Verstehst du das? Regel ... ach lassen wir das heute mit den Regeln."

Das Mädchen nickte erneut.

„Ich denke, es wird das Beste sein, wenn du mir in den nächsten Wochen beim Silberputzen assistierst. Damit lernst du etwas und hast gleichzeitig eine angemessene Strafe. Und noch eine Sache, die ich schon längst vorhatte." Beanstock schwieg einen Moment. Lucinda sah ihn fragend an. Sie hatte Angst, dass nun etwas noch Schlimmeres auf sie wartete.

„Du wirst mich ab heute nicht mehr mit Sir anreden oder Mr Beanstock. Mein Name ist Arthur. Ich denke, nach der langen Zeit und da ich dein Pflegevater bin, ist das eine angemessene Veränderung."

Lucinda umarmte ihn erneut.

„Und jetzt wird geschlafen. Morgen fahren wir gemeinsam zur Schule und du wirst dich bei Miss Glason entschuldigen. Keine Angst, ich finde etwas, das dich aus den größten Schwierigkeiten heraushalten wird."

Lucinda legte sich hin und Beanstock deckte sie sorgfältig zu.

„Nun schlaf schön und keine Sorgen mehr machen."

„Vielen Dank, Mr ... Arthur. Du bist der beste Pflegevater der Welt", sagte das Mädchen und kuschelte sich unter ihre Decke.

Beanstock löschte das Licht im Zimmer und öffnete leise die Tür zum Flur. Beinahe hätte er Gonzales umgerannt, der mit dem Ohr ganz nah an der Tür gestanden hatte. Nicht nur er war wohl anwesend gewesen, als Beanstock seine kleine Ansprache gehalten hatte. Er hörte Schritte und zuklappende Türen. Gonzales strich über die nun geschlossene Tür zu Lucindas Zimmer.

„Was für ein wunderbares Holz die Türen in diesem Haus haben. *Hermosísimo. Fantástico.* Da schaue ich doch gleich einmal, wie das Holz an meiner Zimmertür aussieht", flüsterte Gonzales, drehte sich um und eilte zu seinem Zimmer.

„Die Türen hier oben sind alle aus gutem Nussbaumholz, Señor Gonzales. Sie müssen mich nur fragen!", rief Beanstock dem Chauffeur nach.

Dieser Tag hatte für ihn so einige Überraschungen parat gehabt. Die Geschichte mit Luci und dann vor allem die Tatsache, dass Sir Percival ohne seinen eigenen Butler verreisen würde. Und als er sich nach den Reiseplänen der Damen bei Lady Fedora erkundigt hatte, hatte er die nicht sehr angenehme Antwort erhalten, dass man nur den Chauffeur gedachte mitzunehmen. My Lady wollte also ohne Zofe verreisen. Diese modernen Zeiten gefielen Beanstock ganz und gar nicht.

Lady Fedora hatte erklärt, man beabsichtigte, die Herren nach Penzance zur Fähre zu bringen, und die Damen wollten danach in einem Hotel an der Küste ein paar schöne gemeinsame Tage verbringen. Gonzales sollte die lieben Ehegatten nach drei Tagen wieder vom Hafen abholen.

Beanstock ging in sein Zimmer, zog das gute Jackett aus und hängte es auf einen Bügel. Er nahm eine Kleiderbürste zur Hand und strich sorgfältig über den Stoff. Danach schlüpfte er in seine Strickjacke, ein Geschenk von Lucinda zum Weihnachtsfest. Sein Zimmer erschien ihm der einzig passende Platz für das Tragen einer Strickjacke. Als er in seinem Sessel saß und zu einem Buch gegriffen hatte, legte er es nach ein paar Minuten wieder zur Seite. Er fühlte sich seltsam berührt, dass Sir Percival zum ersten Mal vorhatte, ohne ihn eine Reise anzutreten. In seiner typisch polternden Art hatte der Baronet verkündet, dass der Butler nun endlich einmal Zeit zur Erholung hätte.

Die Reise nach Bath hatte wieder einmal mit einem Mordfall geendet. Er überlegte. Sollte das der Grund sein? Hatte nicht Lady Fedora erst letztens bemerkt, dass der Butler kriminelle Aktivitäten wie ein Magnet anziehen würde?

Beanstocks Augenbrauen hoben sich. Er konnte es nicht fassen. Es musste sich dringend etwas ändern. Der Butler nahm sich vor, keinem Mörder mehr nachzujagen. Dafür war die Polizei zuständig. *Das sind sehr kompetente Leute*, dachte Beanstock und ihm fiel plötzlich der cholerische Detective Inspector

Braddock aus Bath ein.

„Nun ja. Nicht jeder kann ein Inspector Japp sein wie bei dem berühmten Poirot. Obwohl! Eigentlich löst ja Poirot stets die Fälle", murmelte Beanstock und war etwas versöhnt.

Er würde versuchen, den Baronet davon zu überzeugen, dass Henry, der neue Butler der Southcoffeltons, noch dringender Anleitung bedurfte. Beanstock wollte es sich nicht eingestehen, aber er war verstimmt. Mrs Argyle hatte das sofort bemerkt und ihn darauf angesprochen.

Aber Beanstock, ganz der seriöse Butler, hatte ihr erklärt, dass das im Ermessen der Herrschaft liegen würde und er auf keinen Fall deshalb in irgendeiner Weise intervenieren dürfte. Das Gegenteil war der Fall, erklärte er. Endlich hätte man auf Parsley Manor nach der Abreise der Baronets nun Zeit für die Dinge, die seit einiger Zeit vernachlässigt worden waren. Er sagte der Hausdame, dass er am nächsten Tag sofort einen Arbeitsplan ausarbeiten würde.

Daraufhin nahm sich Mrs Argyle vor, so bald als möglich mit Lady Fedora zu sprechen. Wenn der Butler hierbleiben würde, käme das Leben im Haus einer militärischen Manöverübung gleich. Beanstock hätte dann auf jeden Fall viel zu viel Zeit.

Little Penny

Die Inseln vor der Küste Südenglands waren ein Wunder. Durch den Golfstrom, der dort entlangzog, erschien es Besuchern, als würden sie sich im Mittelmeerraum befinden.

Heiße Sommer und überaus milde Winter ließen Palmen und Zitronenbäume gedeihen.

Man erreichte die Hauptinsel St. Mary's mit einer Fähre von Cornwall aus. Die kleinste Insel, Little Penny, war bis auf ein großes Landhaus im Stil der Edwardianischen Epoche unbewohnt. Dort lebte Commodore Trevelyan mit seinen Angestellten.

Die Fassade in Beige, die dunkelgrünen Fensterläden und die weißen Fensterrahmen gaben dem Gebäude eine Leichtigkeit, die das vorhergegangene Viktorianische Zeitalter nicht gehabt hatte. Der Eingang bestand aus einer Reihe grauer Säulen und hinter dem Vorderhaus erhob sich ein weißer Turm mit einem rundlichen Dach. Auf dem Turmdach war ein Konstrukt zu erkennen, das eine Antenne für den Funk darstellte. Ganz abgeschnitten war man also nicht von der Außenwelt.

Überall rankte in üppiger Fülle weißer Sternjasmin. Sogar jetzt noch, im September.

Durch eine offenstehende Fenstertür an der Gartenseite des Hauses trat ein älterer Herr. Er trug eine Strickweste, darunter ein weißes Hemd mitsamt Fliege, eine karierte Kniebundhose und in der Hand einen Croquetschläger. Er lehnte den Schläger an einen der Korbsessel, die auf der Terrasse verteilt standen.

Der Herr klatschte mit einem fröhlichen Grinsen im Gesicht in die Hände. Dann strich er mit dem Zeigefinger der rechten Hand über seinen pomadisierten Zwirbelbart und begann eine Marschmelodie zu summen. Mit zackigen Schritten umrundete er die weitläufige Terrasse, machte ein paar ungelenke Kniebeugen, griff wieder zu dem hammerförmigen Croquetschläger und ging über eine Steintreppe hinunter auf den Rasen.

Verteilt auf der Rasenfläche standen U-förmige niedrige Tore aus gebogenen Drahtbügeln. Durch diese Tore mussten die Spieler in vorgegebener Reihenfolge farblich markierte Bälle stoßen. Es bedurfte eines guten Auges, denn Präzision beim Spiel war unabdingbar.

Commodore Trevor Trevelyan überprüfte jedes kleine Tor genau. Dann kamen die bunten Kugeln dran und am Ende beförderte er eine der Kugeln gekonnt durch ein Tor.

„*My goodness*, alter Junge, hast es wieder geschafft!", rief er, entzückt über seine Fertigkeit, aus.

Auf der Terrasse erschien eine ältere Dame in einem wadenlangen dunkelbraunen Kleid und einer weißen Schürze darüber.

„Es ist angerichtet, Commodore!" Dabei winkte sie dem Herrn zu.

„Ich komme Schatzi!", rief der Herr zurück.

„Ist gut, Hasilein! Hopp hopp!" Mit diesen Worten ging die Dame zurück ins Haus.

Der Commodore legte den Schläger zu Boden und folgte ihr. Er setzte sich an einen gedeckten Tisch, stopfte sich eine blendend weiße Serviette in den Hemdausschnitt und suchte nach Messer und Gabel. Dabei summte er immer noch seine Marschmelodie. Es lag nur ein Löffel neben dem tiefen Teller. Sofort verging ihm das Summen.

Die Dame mit der weißen Schürze erschien mit einem Tablett, auf dem eine Schüssel mit Deckel stand. Sie stellte sie vor dem Commodore ab, nahm den Deckel mit Schwung herunter und grinste breit.

„Bon appétit!"

Der Herr schaute griesgrämig in die Schüssel. Das Summen war ihm nun wirklich vergangen.

„Schon wieder Gemüsesuppe?", fragte er voller Abscheu.

„Das ist gesund und Sie müssen wieder in Form kommen, Sir", antwortete die Dame.

„Aber Miss Blossom, Blossi, ich bin in der besten Form meines Lebens. Sei doch etwas nachsichtiger, ach bitte", sagte er mit einem traurigen Gesichtsausdruck.

Die Hausdame schüttelte den Kopf, griff zu der Kelle, die auf dem Tisch bereitlag, und gab eine ordentliche Portion auf den Teller des Commodore.

„Nach der langen Zeit könntest du wirklich etwas netter sein", beschwerte sich der alte Herr und dann griff er brav zu dem Löffel. Miss Blossom nickte zufrieden mit dem Kopf und ging.

Kaum war sie verschwunden, nahm er den Teller und schüttete die Portion in eine kostbare Mingvase, die auf dem Boden in der Nähe der Tür zum Garten stand. Er horchte in Richtung der Tür zum Flur, ob sich Schritte näherten. Das war nicht der Fall. Er ging zu dem großen Bücherschrank an der linken Wand, öffnete vorsichtig die Schranktür und griff hinter die Bücher. Dort sollte versteckt eine Packung Kekse warten. Der Commodore tastete danach, aber die Tüte war nicht dort, wo er sie beim letzten Mal versteckt hatte.

„Verdammt. Sie hat sie gefunden", murmelte er. Seine Hoffnung galt nun dem Nachtisch.

Im Haus des Commodore gab es nicht viele Angestellte. Da war die Hausdame, die ihn seit über zehn Jahren versorgte. Zwischen ihnen hatte sich über die lange Zeit ein über Freundschaft hinausgehendes Verhältnis entwickelt. Heirat kam für Miss Blossom nicht infrage. Sie hatte mehrere Anträge des alten Soldaten abgelehnt. Sie liebte ihre Arbeit, wollte die Freiheit nicht aufgeben und war der Meinung, zur Ehefrau würde sie sich nicht eignen. Eine Ehe hatte ihr gereicht. Sie redete nicht gern darüber.

Ihr Gatte war aus dem Krieg nicht zurückgekommen, was ihr im Nachhinein als wahrer Glücksfall erschienen war, denn der liebe Gatte hatte sich nach der Hochzeit als brutaler Chauvinist erwiesen.

Trotz der Tatsache, dass sie bereits einmal verheiratet gewesen war, verlangte sie, Miss Blossom genannt zu werden.

Dann gab es noch eine Köchin und einen Hausdiener für die groben Aufgaben. Miss Blossom hatte darauf bestanden, einen Hausdiener einzustellen, da sie das Alter nun langsam spürte und nicht alle Aufgaben allein stemmen konnte.

Einmal im Monat kam von der großen Nachbarinsel ein Gärtner.

Das Arrangement zwischen der Hausdame und dem alten Soldaten war allgemein bekannt. Sogar der Fischer, der mehrmals in der Woche Lebensmittel auf die Insel schaffte, wusste Bescheid. Ihm war das egal, solange er sein Geld bekam. Auf dem Festland etwas auszuplaudern, lohnte sich für ihn nicht. Niemand kannte Commodore Trevelyan näher. Bereits kurz nach dem Krieg hatte sich der Soldat auf diese Insel zurückgezogen. Er hatte sie von einem Onkel seiner Familie geerbt.

Kaum jemand der wenigen Angestellten verließ die Insel. Nur der Hausdiener hatte sich ausbedungen, einmal im Monat mit dem Fischer auf das Festland zurückzukehren, um seine Mutter in einem Heim zu besuchen. Meist brachte der Fischer den jungen Mann dann am nächsten Tag wieder auf die Insel. Denn die Fähre von Penzance fuhr nur bis zur Hauptinsel. Von dort musste man ein Boot chartern.

Das Leben war ruhig und es gab mit keinem Nachbarn Probleme. Wie denn auch, es gab keine Nachbarn, die eben einmal über den Zaun schauen konnten.

Aber nun war es dem Commodore plötzlich eingefallen, seine alten Kriegskameraden treffen zu wollen. Das bedeutete, Gästezimmer vorbereiten, mehr Lebensmittel ordern und das Haus auf Vordermann bringen.

Wie immer bei dem alten Soldaten wurde das mit militärischer Präzision geplant. In seinem Aktionsplan war alles akribisch aufgeführt: sechzehnhundert Ankunft der Kameraden auf der Insel, Erfrischungen im Salon, Verteilung der Zimmer, siebzehnhundert der erste Teil des Croquetturniers, danach Rundgang um die Insel, Anlegen der Galauniformen, Aperitif im Salon, neunzehnhundert Dinner, danach Kamin und Geschichtenzeit. Der nächste Tag war für das zweite große Croquetturnier verplant.

Miss Blossom kam mit einem Tablett in das Esszimmer. Sie sah den leeren Teller ihres Schutzbefohlenen und nickte mit zufriedener Miene.

„Na bitte. War das nun so schlimm? Kein Nachschlag? Nein? Gut. Zur Belohnung gibt es ein Dessert.“

Commodore Trevor leckte mit seiner Zunge über die Lippen.

„Was hat denn unsere liebe Georgina gezaubert?“, fragte er. Georgina Smith war die Köchin. Sie stammte aus Cornwall.

„Einen wunderbaren Cottage-Pudding mit Vanillesauce. Den lieben Sie doch so, Sir“, sagte die Hausdame. Sie siezte den Commodore, trotz ihrer innigen Gemeinsamkeit immer noch. Das erschien den anderen Dienstboten seltsam, aber man hatte sich über die Zeit arrangiert. Zumal es auf dieser einsamen Insel mitten im Ozean wohl keinen bigotten Ankläger geben würde.

„Was wird sie uns für gute Sachen servieren, wenn

meine Kameraden hier sein werden?", fragte der Commodore und ließ sich dabei den Pudding schmecken.

„Ich werde die Liste heute Abend vorlegen können. Ich möchte noch etwas ansprechen. Wir erwarten fünf Gäste, zwei Damen und drei Herren sowie den Butler des einen Herrn. Die Gästezimmer sind fertig vorbereitet. Ich habe mir erlaubt, zwei zusätzliche Diener für diesen Zeitraum zu engagieren. Es ist für mich allein, Georgina und Berti nicht zu schaffen. Zumal Berti morgen seine Mutter besuchen möchte. Es geht der Dame wohl nicht besonders gut. Die neuen Dienstboten werden mit der nächsten Lebensmittellieferung kommen. Ich hoffe, dass dann auch Berti wieder da sein wird. Wenn die Gäste in ein paar Tagen erscheinen, ist es besser, wenn er sie am Steg willkommen heißt. Er ist ein sehr hilfreicher Junge."

Der Commodore schaute skeptisch.

„Fremde Leute, hier bei uns? Das gefällt mir gar nicht. Ich hätte doch auch aushelfen können und die Getränke kann sich jeder selbst mixen."

Miss Blossom räusperte sich.

„Was denken Sie denn, was es, außer Getränke zu mixen, für Arbeit geben wird? Die Zimmer machen, Frühstück vorbereiten, Essen kochen, Tee servieren, Tisch decken, Geschirr spülen und ganz zu schweigen von den Sonderwünschen, die so sicher wie ein Schrapnell an sein Ziel kommt auftauchen werden. Das macht sich nicht von allein. Die Getränke am Abend zu mixen, ist der allerkleinste Teil dabei. Die beiden Neuen werden nur für die Dauer des Besuches hier sein."

Der Commodore lockerte seinen Kragen. Ihm wurde plötzlich klar, dass er vielleicht etwas zu viel getan hatte. Die Ruhe auf seiner Insel würde mindestens für drei Tage dahin sein. Dabei hatte er es sich so wunderbar vorgestellt.

Gute Gespräche, das ein oder andere Gläschen, gemeinsam in Erinnerungen schwelgen und natürlich das wichtige Croquetspiel.

„Nun gut, Schatzi. Du hast ja recht. Mach nur, was du für richtig hältst", sagte er nach kurzem Nachdenken.

„Und noch etwas", sagte Miss Blossom leise.

Der Commodore erwartete das Schlimmste.

„Für die Zeit des Besuches Ihrer Kameraden sollten wir auf Dienstbotenebene miteinander verkehren. Wenn Sie verstehen, Sir. Und bitte, Sir, behalten Sie den Ring Ihrer Mutter in der Tasche. Ich habe gesehen, dass Sie danach greifen wollten. Sie wissen, wie ich darüber denke. Ich bin die Hausdame dieses Hauses und sehr zufrieden damit."

„Wie schade", sagte der alte Soldat und er meinte es ehrlich.

Abreise

Beanstock würde Geschick benötigen, um Miss Glason zu überzeugen, dass die ganze leidige Geschichte ein Missverständnis gewesen war.

Am Morgen des folgenden Tages fuhr Gonzales den Bentley vor. Lucinda und Beanstock stiegen ein. Vom Bauernhof der Familie Pitsch nahmen sie auch Bronté, Lucindas beste Freundin, mit. Das gab dem Butler die Möglichkeit, mit der Tochter des Bauern Pitsch die Angelegenheit zu besprechen.

„Wollen Sie ihre Alibis abklären, Mr Beanstock", fragte Gonzales und zwinkerte den beiden Mädchen auf dem Rücksitz im Spiegel zu. Die beiden saßen wie verängstigte Vöglein auf den feinen Ledersitzen und trauten sich nichts zu sagen.

„Es ist keine kriminelle Handlung, wenn man sich vor einem wichtigen Gespräch noch über den Inhalt desselben einigt. Keine voreiligen Schlüsse, Señor Gonzales, wenn ich bitten darf", sagte Beanstock leicht verschnupft. „Es war ein Missverständnis. Die Aufgaben auf Parsley Manor waren wieder einmal vielfältig. Ich konnte mich nicht richtig auf die Belange des Mädchens konzentrieren und habe nur nebenbei ein Schriftstück unterschrieben, das ich nicht genau überprüfen konnte. Und ja, es ist meine Unterschrift, Punkt."

Gonzales musste sich zusammenreißen, um nicht laut zu lachen. Was für ein Butler.

In der Schule angekommen, brachte Miss Glason, das Haar zu einem strengen Knoten gebunden und die hagere Gestalt in ein enges graues Kostüm gekleidet, Beanstock und Lucinda in ihr Büro. Sie setzte sich mit einer gezierten Bewegung hinter ihren Schreibtisch und forderte die beiden mit einer Geste ihrer Hand auf, Platz zu nehmen. Dann legte sie dem Butler das Schriftstück mit einer wissenden Miene vor. Der Ausdruck in ihrem Gesicht drückte den ganzen Stolz über die Entdeckung eines Verbrechens aus. So als wolle sie sagen, ich habe es Ihnen ja gesagt. Allein diese Tatsache löste bei Beanstock eine gewisse Trotzhaltung aus.

„Wie Sie sehen werden, ist es eine offenkundige Fälschung. So etwas können wir in unserer Einrichtung nicht tolerieren. Was sagen Sie dazu und wie sollen wir weiter verfahren?", fragte die Lehrerin Lucindas und Direktorin der Schule.

Beanstock nahm das Papier in die Hand, sah es sich kurz an und legte es zurück auf den Schreibtisch.

„Nun, Miss Glason, da es meine Unterschrift ist, weiß ich nicht, was Sie meinen. Ich kann nur von einem Missverständnis ausgehen. Den Text in der Antwort hat allerdings Lucinda geschrieben. Es gab sehr viel zu tun im Haus und ich habe unterschrieben, ohne das Schreiben zu überprüfen. Aber im großen Ganzen bin ich damit einverstanden. Das Mädchen und ich hatten gemeinsam beschlossen, so zu verfahren.“

Miss Glason öffnete erbost den Mund zu einer Antwort. Aber Beanstock kam ihr zuvor.

„Und Fakt ist, dass ich nicht einverstanden bin, dass Lucinda Parish bereits in diesem Jahr die Schule wechselt. Ich bin der Meinung, es wäre für Lucinda günstiger, erst im nächsten Jahr zusammen mit anderen Mitschülern der Klasse die neue Schule zu besuchen. Also, ebenfalls Fakt ist, es ist niemandem ein Schaden entstanden. Im Gegenteil, alles hat seine Richtigkeit.“

Miss Glason öffnete wiederum den Mund zu einer Erwiderung. Lucinda erzählte später Bronté, dass die Lehrerin wie ein Karpfen, der an der Wasseroberfläche nach Luft schnappen musste, ausgesehen hätte. Bronté kicherte und bekam einen bösen Blick von Miss Glason ab, die nun wieder vor der Klasse stand und den Unterricht begann.

Beanstock verließ zufrieden das Schulgebäude und stieg zu dem wartenden Gonzales in den Wagen. Der Chauffeur sah ihn erwartungsvoll an.

„Es ist alles in Ordnung. Nach Hause, Gonzales“, sagte der Butler und war sehr mit sich zufrieden.

Als der Wagen am Haupteingang von Parsley Manor ankam, stand bereits Mrs Argyle lächelnd vor der offenen Tür und schien sie dringend zu erwarten. Beanstock ließ sich Zeit. Gonzales hielt an und kurbelte auf seiner Seite die Fensterscheibe herunter.

Er nickte der Hausdame zu. Sie nickte zurück und machte große fröhliche Augen. Gonzales wusste, was das bedeutete. Nachdem der Butler ausgestiegen war, fuhr er den Wagen in die Garage, stieg aus, pfiff ein fröhliches Lied und griff zu einem weichen Lappen. Der Bentley, zwar jederzeit auf Hochglanz, bekam von ihm eine weitere Politur. In ein paar Tagen ging es auf Reisen. Da musste man einen guten Eindruck hinterlassen.

Beanstock stand inzwischen vor der Hausdame.

„Probleme, Mrs Argyle?"

„Keineswegs, Sir. Wie lief es mit dem Mädchen?"

„Wir konnten die Probleme ausräumen. Das Kind wird ein weiteres Jahr die hiesige Schule besuchen dürfen. Miss Glason erinnerte mich wieder einmal an die böse Fee aus einem Märchenbuch Lucindas. Nun gut. Am Nachmittag möchte ich mit Ihnen meine Pläne für die Abwesenheit der Baronets besprechen. Ist sonst noch etwas?"

„Sir Percival möchte Sie sprechen." Mrs Argyle schien aufgeregt zu sein. Sie knetete nervös die Hände. Beanstock war sich nicht sicher, was das bedeuten sollte. Warum wollte Sir Percival so dringend mit ihm reden?

Höchstwahrscheinlich ging es um seine Garderobe für die Einladung in ein paar Tagen. Beanstock hatte die alte Paradeuniform des Baronets bereits gereinigt und gebügelt. Sicher würde er sie gern, nebst seinen Orden, zum Dinner auf der Insel tragen.

Er räusperte sich und ging durch die offene Tür ins Haus. Mrs Argyle folgte ihm auf dem Fuß.

„Sir Percival erwartet Sie in der Bibliothek, Sir", sagte sie und das Lächeln in ihrem Gesicht wurde noch breiter.

„Geht es Ihnen denn auch wirklich gut, Mrs Argyle?", fragte Beanstock und sah die Hausdame abschätzend an.

„Oh, mir geht es wundervoll. Wir sehen uns beim Tee!", sagte sie und lief, so schnell es ging, in den Dienstbotenbereich. In der Küche sah Mrs Porkpie der Hausdame mit ängstlichem Ausdruck im Gesicht entgegen. Phillis legte das Messer aus der Hand und begann mit den Füßen auf und ab zu wippen. Lizzy kam aus dem Esszimmer der Dienstboten, stellte eine Tasse auf den Küchentresen und war voller Erwartung.

„Es hat geklappt!", rief Mrs Argyle.

Die Frauen holten erleichtert Atem. Phillis jubilierte und Mrs Porkpie klatschte vor Vergnügen in die Hände.

„Heute Abend gibt es einen Sherry, meine Damen!", sagte sie froh gelaunt.

„Bekommen wir auch etwas von der frohen Stimmung ab?", fragte der Gärtner. Mr Herringbone hatte in diesem Moment die hintere Gartentür geöffnet und trat zusammen mit Harrison, dem Knecht, ein.

„Hat es geklappt?"

Mrs Argyle nickte lächelnd.

„Heureka!", sagte der Gärtner.

In der Bibliothek besprach Sir Percival die anstehende Reise mit seinem Butler.

„Mein guter Beanstock, Sie werden uns begleiten. Henry, der Butler der Southcoffeltons, hat um Urlaub gebeten, da seine Mutter erkrankt ist. Da kann man nichts machen. Familie ist wichtig, nicht wahr, mein guter Beanstock?"

Beanstock sah seinen Herrn prüfend an.

„Ein seltsamer Zufall, dass die Mutter gerade jetzt, kurz vor der Abreise, erkrankt. Ich werde mich nach dem Befinden der Dame erkundigen."

„So viel ich erfahren habe, ist Henry bereits abgereist. Es ist unnötig, anzurufen. Sicher geht es der armen Frau besser, wenn ihr Sohn an ihrer Seite weilt", sagte Sir Percival und blätterte dabei in einem Buch über die Ausgrabungen im Nildelta. Beanstock räusperte sich.

„Dann werde ich mich jetzt um das Gepäck kümmern. Ihre Paradeuniform liegt bereit. Vielen Dank, Sir."

Beanstock verließ die Bibliothek, schloss die Tür leise hinter sich und stand einen Moment sinnend in der Empfangshalle.

Im Dienstbotenbereich war man guter Dinge, dass die kleine Notlüge funktionieren würde. Gonzales saß inzwischen ebenfalls im Essraum und trank eine Tasse tiefschwarzen Kaffee. So, wie er ihn liebte. Schwarz wie die Nacht und süß wie die hübschen Mädchen in seiner Fantasie.

„Macht euch nicht zu viele Hoffnungen. Ihr kennt doch wohl Sir Percivals Talent zu lügen, oder?", sagte er grinsend.

Sofort verstummten die fröhlichen Stimmen.

„Oh verdammt, er hat natürlich recht. Mit seinem Spürsinn wird Mr Beanstock sofort wissen, woher der Wind weht", sagte Mrs Porkpie. Alle gingen schnell an ihre Arbeit zurück. Nur Gonzales harrte aus. Er wollte unbedingt miterleben, wie die Sache ausging.

Der Butler erschien in der Küche. Er griff zu einem Becher, goss sich Tee ein, schüttete eine

Winzigkeit Zucker und Milch dazu und setzte sich, Gonzales gegenüber, an den Esstisch.

Dort lagen die Tageszeitungen. Er nahm die Times und vertiefte sich in einen Artikel. Gonzales amüsierte sich königlich und auch nachdem sein Kaffee ausgetrunken war, bewegte er sich nicht von der Stelle.

Mrs Argyle setzte sich mit einer Tasse Tee zu dem Butler.

„Wollte Sir Percival etwas Bestimmtes von Ihnen?", fragte sie, nippte an ihrem Tee und sah dabei so unschuldig wie möglich aus.

Beanstock faltete langsam und sorgfältig die Zeitung zusammen. Dabei achtete er auf jeden noch so kleinen Knick, der einen späteren Leser stören könnte. Gonzales kicherte. Mrs Argyle verlor fast die Geduld.

„Wie haben Sie Sir Percival überzeugen können, dass er mir diese dicke Lüge von Henrys Mutter auftischt? Ich muss mich doch sehr wundern, Mrs Argyle", sagte Beanstock mit ernster Miene.

Aus der Küche nebenan hörte man ein Hüsteln.

„Aufgrund des breiten Grinsens unseres verehrten Chauffeurs kombiniere ich, dass der gesamte Haushalt in den Plan eingeweiht war. Außer meiner Person natürlich. Was haben Sie zu Ihrer Verteidigung zu sagen?"

„Señor Beanstock, wir alle wussten, wie traurig Sie waren, dass Sir Percival nicht seinen eigenen Butler auf diese Reise mitnehmen möchte. Mrs Argyle musste das nur kurz bei Lady Fedora erklären und schon war alles klar", sagte Gonzales.

„Mr Beanstock, es war nur gut gemeint. Das müssen Sie uns glauben", erwiderte bittend die Hausdame.

„Warum sagen immer alle, das müssen Sie mir glauben, wenn es um eine Zeugenaussage geht?" Beanstock dachte einen Moment intensiv nach. Gespannt wurde er von den Anwesenden beobachtet.

„Das war ein ausgezeichneter Plan. Aber Sie hätten wissen müssen, dass ich das durchschaue.

Ich danke Ihnen, meine aber, dass der Grund wohl eher mein umfassender Aktionsplan während der Abwesenheit der Baronets ist. Nun gut, lassen wir es dabei bewenden. Ich habe viel vorzubereiten. Meine Herrschaften, weitermachen, oder ist etwa schon Feierabend?" Beanstock erhob sich, stellte seinen Becher in der Küche ab, räusperte sich hörbar und ging hocherhobenen Hauptes in Richtung Empfangshalle davon. Das Hurra aus der Küche zauberte ihm ein Lächeln auf das Gesicht.

„Freche Bande", murmelte er.

Der Tag der Abreise war gekommen. Die Koffer standen bereit. Der ausgearbeitete Plan wurde vom Butler an die Hausdame übergeben. Beanstock hoffte, bei seiner Rückkehr alle Arbeiten erfolgreich erledigt vorzufinden.

Luci bekam die Sonderaufgabe, zusammen mit Mrs Argyle das gute Silber zu putzen. Strafe musste sein, das verstand auch das Mädchen.

Die Herrschaften stiegen in den Bentley und man war zur Reise bereit.

Der Butler beugte sich zu Mrs Argyle. „Natürlich

werden Sie die Aufgabe für das Kind angemessen gestalten." Dabei zwinkerte er der Hausdame verschwörerisch zu. Sie wusste, was er meinte. Ein Kind ist ein Kind und sollte nicht zu hart bestraft werden. Vor allem, da Luci diese Aktion veranstaltet hatte, weil sie sich auf Parsley Manor geliebt fühlte und nicht fortwollte. Da sollte man, nach Beanstocks Meinung, Milde walten lassen.

Lady Marjorie und ihr Gatte waren bereits mit ihrem eigenen Wagen unterwegs. Man hatte die Absicht, in Exeter gemeinsam Tee zu trinken. Sir Mortimer war eine Zeit lang dort als Soldat stationiert gewesen und kannte sich etwas aus in der Stadt. Er hatte den *Green Tearoom* vorgeschlagen, der sich in der Nähe der Kathedrale St. Peter befand. Sir Mortimer hoffte, dass es den netten Tearoom noch geben würde. In Exeter waren während des Zweiten Weltkriegs viele wunderschöne historische Gebäude zerstört oder zumindest in Mitleidenschaft gezogen worden. Sogar die Kathedrale war getroffen worden. Man gab sein Bestes, um der Stadt den alten Glanz zurückzubringen, aber das war ein langer Weg.

Die Fahrt würde einige Stunden in Anspruch nehmen. Mrs Porkpie hatte einen Picknickkorb mit guten Sachen gefüllt. Pausen waren auf der langen Fahrt eingeplant.

Sir Percival saß im Fond des Bentleys und freute sich auf das Treffen mit den alten Kameraden. Er konnte seine Aufregung kaum unterdrücken. Schon deshalb war seine liebe Fedora froh, dass er Beanstock an seiner Seite hatte.

Nach etwas mehr als drei Stunden erreichten sie

Exeter. Es gab den Tearoom noch und zur Freude des Earl of Southcoffelton, der glücklich war, die rasante Fahrweise seiner Gattin überlebt zu haben, kamen die Baronets kurz nach ihnen an.

Es war ein hübsches kleines Etablissement, in dem die Herrschaften nun Platz nahmen. Runde Tische, weiße Tischdecken, gutes altes englisches Geschirr, silberfarbene Teekannen und hübsche Blumengestecke auf den Tischen. Eine nette Dame servierte ausgezeichneten Tee und vergaß auch die Etagere mit den kleinen Kuchenteilchen nicht. Über eine Stunde verbrachten die Herrschaften in Exeter.

Schließlich musste Beanstock die nette Runde unterbrechen, ging zum Tisch der Herrschaften und machte sie darauf aufmerksam, dass die Fähre zur Hauptinsel in drei Stunden ablegen würde. Die darauffolgende Fähre fuhr erst wieder gegen sechzehn Uhr zu den Isles of Scilly. Von der Hauptinsel aus sollte ein Fischer die Besucher auf die Insel Little Penny bringen. Da es von Exeter aus noch etwas mehr als zwei Stunden brauchte, sollte man nun aufbrechen. Beanstock bezahlte bei der Kellnerin und man verließ den Tearoom.

Die Herrschaften sahen das ein, wären aber am liebsten noch geblieben. An diesen frohen Moment sollten sich die beiden Freunde Mortimer und Percival noch oft in den nächsten Tagen erinnern. Am Himmel zogen dunkle Wolken auf.

Man erreichte den Hafen von Penzance rechtzeitig. Die Damen verabschiedeten sich von ihren Gatten, nicht ohne den wirklich ernst gemeinten Rat, sich ordentlich zu benehmen. Lady Fedora wusste, wie es zuging, wenn sich alte Kameraden trafen. Sie hatte da so ihre Erfahrungen bei Treffen ihres Percivals mit Freunden aus Kriegstagen gemacht.

Die Fähre lag im Hafen bereit. Sie war schon etwas in die Jahre gekommen, aber sah noch vertrauenswürdig aus. Beanstock und Gonzales brachten das Gepäck an Bord.

„Mr Beanstock, ich hoffe, Sie werden ohne mich auskommen. Glücklicherweise ist es eine kleine Insel mit wenigen Leuten. Da kann nichts passieren. Es wird doch alles gut gehen?" Gonzales schien besorgt zu sein.

„Señor Gonzales, ich bin sehr guter Hoffnung. Die Herren werden Spaß haben und wir sehen uns hier in drei Tagen wieder. Ich habe in dem Hotel in Cornwell ein paar Tage länger gebucht. Die Herrschaften werden dort nach ihrem Inselabenteuer noch eine weitere Woche verbringen. Sie kümmern sich bitte um die Damen. Leider wollte Lady Fedora dieses Mal auf ihre Zofe verzichten. Aber ich weiß, dass ich mich auf Sie verlassen kann."

„Ich soll ihr hoffentlich nicht bei der Auswahl ihrer Garderobe behilflich sein, oder? Einen Knopf könnte ich zur Not annähen." Gonzales schien einen Moment in Panik.

Beanstock schüttelte den Kopf.

„Das würde ich Ihnen niemals aufbürden. Passen Sie nur gut auf die Herrschaften auf. Wir sehen uns in drei Tagen hier am Pier."

Nach etwa einer halben Stunde legte die Fähre ab. Die Herren winkten ihren Damen zu und als die beiden Frauen nur noch ein Punkt in der Ferne waren, gingen die beiden in den Aufenthaltsraum der Fähre, wo Beanstock bei den Koffern saß und sie erwartete.

Es wurde eine recht stürmische Überfahrt. Die Fähre wackelte wie ein Hundeschwanz hin und her. Aber den Reisenden ging es gut. Noch nicht einmal Sir Mortimer hatte Magenprobleme, die ihm ansonsten des Öfteren zu schaffen gemacht hatten, wenn es um eine Schiffsreise gegangen war. Beanstock führte diese Tatsache darauf zurück, dass Sir Mortimer aufgeregt war und sich sehr auf seine alten Freunde freute. Andere Mitreisende hatten da mehr Probleme und auf ihren Gesichtern machte sich eine ungesunde grüne Farbe breit.

Als die Fähre nach ganzen zwei Stunden auf der Hauptinsel St. Mary's anlegte, wartete dort bereits ein alter Fischer auf sie. Er hielt ein wahrscheinlich selbst gemaltes Pappschild empor, auf dem die Namen Mortimer und Percival standen. Beanstock räusperte sich, nahm die Koffer und ging auf den Seemann zu.

„Guten Tag, Sir, dort sollte eigentlich Sir Mortimer und Sir Percival stehen, guter Mann."

Der alte Fischer sah ihn aus gütigen Augen an.

„Wer bist du denn, zum Oktopus?"

„Ich bin der Butler der beiden Herren und begleite sie auf die Insel. Mein Kommen wurde avisiert."

„Na gut, wenn du es sagst, Jüngchen, ein paar Meter weiter liegt mein Boot bereit. Dann mal alle Mann rauf auf den Kahn!", rief der Mann, steckte sich eine Tabakspfeife in den Mund, strich über seinen grauen Vollbart, warf das Pappschild fort und rückte seine Schirmmütze zurecht. Er wies auf eines der Fischerboote in der Nähe und griff nach einem der Koffer. Am Boot angekommen, warf er den Koffer einem jungen Mann zu, der an Bord auf die Gruppe wartete. Beanstock vergingen die Sinne. Er nahm schnell die anderen beiden Koffer zur Hand, stieg etwas unbeholfen auf das Boot und stellte die Gepäckstücke vorsichtig neben das andere.

„Och, nu mach dich doch nicht nass. Na los, alle Mann an Bord. Finch, Leinen los. Wir legen ab!", rief der Seemann grinsend. Finch hieß der junge Matrose an seiner Seite, ein wortkarger Mann mit lockigem Haar.

Sir Mortimer und sein Freund krabbelten mithilfe Beanstocks über die Reling an Bord und schon warf der Matrose auf dem Pier dem alten Fischer die Halteleine zu. Anschließend sprang der Mann selbst an Bord.

„Das ist Finch, mein Helferlein. Die Landratten unter Deck! Es wird hier oben gleich ungemütlich!", rief der Fischer und wies auf eine offene Kabinentür. Das Boot mit dem schönen Namen *Crazy Mary* schlingerte aus dem Hafen.

Beanstock hatte sich davon überzeugt, dass die beiden Herren einigermaßen sicher und bequem unter Deck saßen. Es war etwas beengt. Die einzige Sitzgelegenheit war eine schmale Bank. Daneben standen im Raum verteilt Holzkisten und ein am Boden verankerter Tisch, auf dem durch den Seegang ein paar Metallbecher hin und herwanderten. In einem winzigen Nebenraum sah man zwei Schlafkojen und weitere Kisten.

Der Butler ging nach oben zurück und stellte sich

in das Ruderhaus neben den Kapitän. Er sah sorgenvoll zum Himmel. Dicke dunkle Wolken, prasselnder Regen und stürmische See. Ein paar vereinzelte Möwen versuchten, sich am Himmel zu halten, und es sah aus, als würden sie mit dem Wind einen wilden Tanz aufführen.

„Kein Grund zur Sorge. Gleich wird's besser. Die Sonne kommt raus", meinte der Fischer. Beanstock konnte das nicht glauben. Aber nach einer weiteren Minute änderte sich urplötzlich alles. Der Regen hörte auf, die Wolken verzogen sich in Windeseile und die See beruhigte sich. Das heisere Geschrei der Möwen war wie ein Weckruf. Hunderte Papageientaucher flatterten wie auf einen geheimen Befehl von den entfernten Felsen der Inseln empor und zogen ihre Kreise unter dem nun blau leuchtenden Himmel.

„Da siehst du? Die Wahrzeichen unserer Inselgruppe, die flatternden *Puffins*, begrüßen euch. Niedliche Dinger. Die Insel ist nah. Die bunten Vögel entfernen sich nie weit von ihren Nistplätzen." Der alte Fischer wies mit seiner Hand nach vorn. Dort sah man in einiger Entfernung eine Insel auftauchen. Schon aus dieser Entfernung konnte man grüne Vegetation erkennen und auf einer kleinen Anhöhe ein leuchtend weißes Haus mit einem Turm dahinter. In der Bucht, die das Boot nun ansteuerte, lag bereits eine weiße Yacht vor Anker.

„Da schau sich einer dieses schnuckelige Boot an. Letztes Mal war das noch nicht hier. Wahrscheinlich noch mehr Gäste. Dass der alte Herr hier wohnen will, kann kaum jemand verstehen. Aber auf seiner Insel kann er tun und lassen, was er will. Ich setze euch ab und komme in drei Tagen zurück. Die paar Kisten unter Deck müssen auch nach oben", sagte der Fischer und zwinkerte Beanstock zu.

Beanstock hustete kurz.

„Ich helfe Ihnen sehr gerne, Sir."

„Och, ich bin kein Sir. Kannst Charly sagen. So nennen mich meine Kameraden, meine Cousine und sogar unser Herr Pfarrer. Nur meine Mutter hat mich anders betitelt. Ich war ihr Schnuckelchen. Süß, oder? Also darfst du auch Charly sagen, Kumpel. Siehst du da oben auf dem Turm die Antenne? Wenn was ist, könnt ihr mich mit dem Funkgerät rufen. Ist eine kleine Versicherung für den alten Commodore. Falls was gebraucht wird. Arzt oder so. Kann ja immer mal was passieren, oder?" Dabei sah der Seemann den Butler mit einem seltsamen Blick an.

Beanstocks Nacken kribbelte.

Der Seemann wies mit der Hand auf einen wartenden Mann an der Anlegestelle.

„Das ist der Hausdiener des Commodore. Guter Junge. Kennt sich mit Booten aus. Aber bei mir wollte er nicht anheuern. Wollte unbedingt hier auf die Insel und Diener spielen. Versteh einer die Jugend. Das Meer ist doch viel schöner als ein vornehmer Salon", sagte Charly.

Nach zehn Minuten legte das Fischerboot an einem Steg in einer kleinen Bucht an. Hier war der Seegang nicht so hoch. Finch warf dem jungen Mann an Land die Leine zu. Inzwischen hatte Beanstock Koffer und Kisten an Deck gebracht. Er reichte alles über die Reling zu dem Mann. Dann half er den beiden Herren, vorsichtig von Bord zu gehen. Er verabschiedete sich von Charly und nickte Finch zu.

Der alte Fischer legte seinen Finger an die Mütze und nickte zum Abschied.

„Hast du die Gewürze mitgebracht? Mrs Smith hat schon danach gefragt", sagte der junge Mann am Steg und warf ihm dann die Leine wieder zu.

„Alles in den Kisten! Bis dann, Berti!"

Das Schiff legte ab, umrundete eine felsige Spitze und verschwand bald aus den Augen der Gäste an Land. Irgendwie hatte Beanstock das Gefühl, am Ende der Welt gelandet zu sein. Es gab nur Wasser ringsum. So musste sich Robinson Crusoe gefühlt haben. Aber dieser berühmte Schiffbrüchige hatte natürlich keine gut gefüllte Speisekammer und einen wärmenden Kamin zur Verfügung gehabt.

„Ich bin hier der Hausdiener. Bert McNice. Sie können Berti sagen. Folgen Sie mir." Am Ende des Stegs stand ein einfacher Karren. Beanstock und Berti trugen Koffer und Kisten dorthin und luden alles auf.

Nach ein paar Minuten erreichten sie das Anwesen und bekamen einen Eindruck, warum diese Inseln so beliebt waren.

Man fühlte sich in die Länder des Mittelmeers versetzt. Üppiges Grün und verschwenderische Blüten begrüßten sie. Leuchteten da nicht sogar Zitronen durch das dichte Laubwerk? Und das so spät im Jahr.

Aus einer offenen Fenstertür zur weitläufigen Terrasse ertönte, etwas kratzig, laute Musik. Es schien sich um eine Schellackplatte zu handeln, die auf einem Grammophon ihre Runden nicht mehr ganz so unbeschadet drehte. *Das könnte an einer abgenutzten Nadel oder daran liegen, dass die Platte in Dauerschleife läuft,* dachte Beanstock und fragte sich, ob er es wagen sollte, das Personal nach neuen Nadeln zu fragen. Er verwarf die Idee schnell. Es war nicht sein Haus, das es zu verwalten galt.

Der Titel des Musikstückes war natürlich allgemein bekannt. *Land of Hope and Glory*, ein patriotisches Lied. Aus dem Innenraum ertönte der tiefe Bariton eines Mannes. Sir Mortimer begann sofort zu singen. Der Sänger verstummte und durch die offene Tür kam Commodore Trevelyan. Er breitete seine Arme aus und lief über eine Steintreppe zu den neuen Gästen.

„Da seid ihr ja! Wie wunderbar. Hattet ihr eine gute Reise? Wie ich mich freue, Euch zu sehen!", rief er ihnen zu. „Kommt rein, kommt rein! Die anderen sind schon seit heute Vormittag hier. Mortimer, stell dir vor, Abigail Taylor ist mit ihrer eigenen Yacht gekommen. Allein! Eine Frau allein. Nun gut, an Bord waren noch Harriet Jones und Max. Du weißt schon, Max, der Master Aircrew, für die Wartung der Spitfirestaffel zuständig." Der alte Herr war kaum zu bremsen. Er beugte sich verschwörerisch zu den beiden Herren und fuhr im Flüsterton fort. „Redet die gute alte Abigail vorsichtshalber mit Lady Abigail an. Sie hat mich schon ziemlich säuerlich angesehen, als ich ihr einfach auf die Schulter geklopft habe und Abi zur Begrüßung sagte. Ist etwas empfindlich geworden auf ihre alten Tage. Wahrscheinlich seit ihr Gatte, Lord Edward Fitz-Corgy, gestorben ist. Blossi hat sie auch schon angefeindet. Ich meine, Miss Blossom, meine Hausdame." Er erinnerte sich gerade noch rechtzeitig an die Anweisung seiner Blossi, solange die Gäste im Haus waren, in vorschriftsmäßiger Weise miteinander umzugehen.

Percival und Mortimer sahen sich mit hochgezogenen Augenbrauen an. Das konnte lustig werden.

„Miss Blossom? Wie außerordentlich interessant. Der Lieblingshund meiner lieben Gattin heißt Blossom. Eine kleine Terrierdame der Rasse Dandie-Dinmont. Sie hasst Regen und liegt am liebsten im Haus. Wie ist das bei deiner Hausdame so?", fragte Sir Mortimer und bekam einen Knuff von seinem Freund Perci in die Seite. Er räusperte sich und redete dann schnellstens weiter.

„Trevor, darf ich dir Sir Percival, Baronet Parsley, vorstellen", sagte Sir Mortimer. Der Commodore schüttelte Sir Percival die Hand.

„Wir haben uns einmal getroffen. Ist eine Weile her."

Sir Percival nickte ihm lächelnd zu. „Vielen Dank, dass ich meinen guten Freund begleiten durfte."

„Ist mir eine Freude. Kann nur zum Spaß beitragen. Und ein Spieler mehr zum Croquet ist auch passend. Nun aber hinein in die gute Stube, meine Herren. Mein schöner Plan kommt aus dem Konzept. Eine Erfrischung im Salon und dann geht es auf den Rasen. Croquet! Die anderen Herrschaften warten schon", polterte der Gastgeber. Sir Percival fühlte sich wie zu Hause. Der Commodore schob seine neu angekommenen Gäste durch die offene Terrassentür in den Innenraum.

Beanstock sah den beiden nach und folgte dann

Berti mit dem Karren zur Seitentür. Hier schloss sich die Küche des Hauses an.

Ein älterer Herr kam durch die geöffnete Tür und nahm von Berti die Kisten entgegen.

Der Mann stellte sich bei Beanstock als Geoffrey vor, Aushilfsdiener vom Festland. Er war ein hagerer Herr mit einem Kranz aus grauem Haar auf dem Kopf. Seine Miene schien sich kaum zu verziehen. Sein Gesicht sah wächsern und teilnahmslos aus, vielleicht auch eine Spur verärgert. Beanstock registrierte sein fehlendes Mienenspiel mit hochgezogenen Augenbrauen.

Berti wies dem Butler den Weg zum Haupteingang und half ihm mit den Koffern.

In der Empfangshalle, einem runden Raum mit einem üppigen Blumengesteck auf einem Tisch in der Mitte, wartete die Hausdame auf den Butler. Sie stellte sich ihm vor und bat ihn, sich mit eventuellen Problemen immer sofort an sie zu wenden.

Miss Blossom nahm Berti Beanstocks Koffer aus der Hand.

„Kümmern Sie sich jetzt um das Esszimmer, Berti. Wir werden heute Abend dort für das Dinner decken. Ziehen Sie bitte den Tisch aus. Ich werde in Kürze zu Ihnen kommen. Das Mädchen, wie hieß sie doch gleich?"

„Pamela Matlock, Miss Blossom, die Tochter von Geoffrey", sagte Berti.

„Richtig, danke. Das Mädchen hilft Miss Smith in der Küche. Sie stellt sich reichlich einfältig an, wie ich sehen musste. Miss Smith war vorhin nicht zufrieden mit ihrer Leistung, als es um das Servieren des

Tees ging."

Berti nickte dem Butler freundlich zu und ging davon.

„Darf ich Ihnen die Zimmer zeigen? Das wollte eigentlich der Commodore übernehmen, aber sein Zeitplan ist bereits heute durch die Ankunft der Yacht von Lady Abigail durcheinandergeraten. Er denkt immer noch, dass sich jeder ehemalige Armeeangehörige auch im Privatleben an die militärischen Regeln halten sollte. Die anderen Gäste haben ihre Zimmer bereits bezogen. Bitte folgen Sie mir." Sie ging zur Treppe, einer weißen Schönheit aus Marmor, die mit ausladendem Schwung in die erste Etage führte.

Beanstock griff zu den zwei Koffern der Herrschaften und folgte.

„Wenn ich behilflich sein kann, Miss Blossom? Ich würde mich freuen, wenn ich den Haushalt unterstützen könnte", sagte Beanstock, an die Hausdame gewandt.

„Das ist ein nettes Angebot, auf das ich gern zurückkommen werde."

Die beiden erreichten die erste Etage. Hier gab es einen hellen Flur. Links und rechts führten in verschiedenen Farben gestrichene Türen in die Gästezimmer. Miss Blossom erklärte.

„Sir Mortimer bekommt das grüne Zimmer und Sir Percival das weiße. Man erkennt die Zimmer gut an den farbig gehaltenen Türen. Der Waschraum für die Herren befindet sich hinter der blauen Tür. Er muss leider gemeinsam genutzt werden. Ihr Zimmer befindet sich den Gang hinunter und dann eine gerade

Treppe hinauf, im dortigen Flur hinter der roten Tür. Der Waschraum für das Personal befindet sich ebenfalls oben. Ich hoffe, es ist alles zu Ihrer Zufriedenheit. Wenn Sie sich eingerichtet haben, erwartet Sie im Essraum des Personals ein Tee. Wenn Sie mich jetzt entschuldigen würden. Guten Aufenthalt."

Die Hausdame stellte den Koffer des Butlers vor der grünen Tür ab und ging davon.

Beanstock öffnete die Tür und begann, zuerst die Kleidung des Earls of Southcoffelton ordnungsgemäß in den Schrank zu hängen. Danach sah er sich die Paradeuniform für das abendliche Dinner an und hängte sie, nachdem sie ausgebürstet war, an den Schrank. Eine kleine Kleiderbürste und einen weichen Lappen hatte er, als guter Butler, vorsichtshalber stets in seiner Tasche. Sir Percivals Garderobe benötigte oft diese Bürste.

Unter die ordnungsgemäß auf einem Bügel hängende Uniformjacke und die Hose kamen auf den Boden die passenden Schuhe. Der Butler vergaß auch nicht, die Orden an der Uniformjacke mit einem weichen Lappen zu polieren und ordentlich gerade zu rücken. Für den Aufenthalt auf der Insel hatten die Herren auf größeres Gepäck verzichtet. Ihre restliche Garderobe wurde von Gonzales zu dem Hotel in Falmouth mitgenommen.

Danach begutachtete der Butler das Bett, ein Monstrum mit gedrechselten Säulen und einem grünlichen Baldachin. Alles war in Ordnung. Der Pyjama kam zusammengelegt auf die Bettdecke. Auf einer Kommode mit Marmorplatte platzierte Beanstock das Waschzeug sowie die anderen benötigten Utensilien für die Körperpflege. Ein letzter Blick, er war zufrieden.

Er öffnete die Tür, schloss sie wieder ordnungsgemäß hinter sich, griff zu den beiden anderen Koffern und ging zur weißen Tür. Im Zimmer angekommen, vollführte er genau die gleiche Prozedur wie vorher. Jeder Handgriff saß exakt. Er lächelte. Man konnte nicht sicher sein, ob der Butler des Earls, Henry, es so genau genommen hätte. Allein die Kontrolle des Bettes war äußerst wichtig. Wie schnell bildete sich in schlecht gelüfteten Zimmern Feuchtigkeit und somit Stockflecken auf dem Laken. Henry war ein gut ausgebildeter Butler, aber ihm fehlte die Routine eines langen Berufslebens. Er stoppte kurz und stellte sich kerzengerade hin. Bildete er sich etwas zu viel auf sein Können ein? Er schüttelte den Kopf. Nein.

Danach suchte Beanstock sein eigenes Zimmer auf. Eine Treppe höher sah es ähnlich aus wie unten. Ein heller Flur, was man in der Dienstbotenetage herrschaftlicher Häuser nicht so oft sah, und in verschiedenen Farben gestrichene Türen. Alles wirkte luftig und fröhlich. An den Wänden hingen, wie auch in der ersten Etage, wunderschöne Aquarelle mit Motiven aus dem Mittelmeerraum.

Beanstock fand sein Zimmer und öffnete die rote Tür. Ein gutes Holzbett, ein ausreichend großer Schrank und eine Kommode mit einem Spiegel darüber. Ein Blick aus dem Fenster bescherte ihm die Aussicht auf kantige Felsen mit hunderten Nestern von Papageientauchern. Weit entfernt am Horizont konnte er die Insel St. Mary's, in einen dunstigen

61

Schleier gehüllt, sehen. Im Hafen dümpelte die Yacht Lady Abigails auf den Wellen auf und ab.

Der Butler war angenehm überrascht. Wenn er noch an die Unterkunft im Kurhotel in Bath zurückdachte, da war es weitaus weniger komfortabel.

Vor allem war es hier endlich einmal möglich, seine Bekleidung ordnungsgemäß und vor Schaden geschützt unterzubringen. Er würde der Hausdame sein Kompliment aussprechen, hatte den Eindruck eines wohl geführten Haushaltes und fühlte sich gut aufgehoben. Obwohl ihm der Gedanke, auf einer Insel festzusitzen, immer noch Probleme bereitete. Er schüttelte schmunzelnd den Kopf über sich selbst.

Nachdem er sich im Waschraum frisch gemacht hatte, wechselte er sein Oberhemd und ging auf dem Weg zurück, den er mit der Hausdame genommen hatte. Er hatte sich davon überzeugt, dass es hier keine extra Dienstbotentreppe hinab gab, so wie auf Parsley Manor. Das Personal musste also stets die Empfangshalle durchqueren, um in den hinteren Küchenbereich zu gelangen. Etwas unbeholfen gelöst, aber das Haus war viel kleiner als Parsley Manor. Er fragte sich, wie man wohl in den Turm, der sich hinter dem Haus erhob, gelangen würde.

In der Küche angekommen, erwartete ihn geschäftiges Treiben rund um den schönen alten gusseisernen Herd. Ein Relikt aus alten Tagen, das gleiche, das auch Mrs Porkpie daheim stets bevorzugte. Sie war der Meinung, der Kuchen würde niemals so gut in diesen modernen Herden gelingen. Wenn es um Kuchen ging, nahm Sir Percival gern den Rat der Köchin an, hatte den alten Herd stehen und ein modernes Gerät daneben einbauen lassen. Mrs Porkpie hatte triumphiert und sich in den folgenden Tagen wie der Champion eines Pferderennens benommen.

Miss Smith, die Köchin, nickte dem Butler zu und wies mit der Hand auf den Nebenraum. Neben ihr stand ein junges Mädchen. Das musste Pamela Matlock sein, von der Berti gesprochen hatte.

„Da steht Tee bereit. Sie müssen nach der Überfahrt erschöpft sein", sagte die Köchin und lächelte ihn freundlich an. Georgina Smith war eine resolut wirkende Person mit schlohweißem Haar, das sie am Hinterkopf zusammengesteckt trug. Sie lächelte viel und schien ihr Handwerk zu verstehen. Jeder Handgriff saß perfekt, auch wenn ihr, wie sie ihm gegenüber später erwähnte, eine alte Verletzung öfter zu schaffen machte.

Beanstock dankte ihr und nahm im Essraum des Personals Platz. Der Raum wurde von einem großen blankgescheuerten Holztisch in der Mitte beherrscht. Stühle aus dem gleichen hellen Holz standen rundherum. An der Wand gegenüber gab es zwei große Fenster auf den Küchengarten hinaus und an den anderen Wänden standen Geschirrschränke, durch deren Glastüren man irdenes, praktisches Geschirr erkennen konnte.

Auf dem Tisch stand eine weiße Porzellankanne, die in einem Edelstahlmantel steckte. Beanstock hatte von dieser seltsamen neuen Erfindung gehört und darüber nachgedacht, so ein Stück für den Personalbereich anzuschaffen. Der Tee sollte durch die mit Filz ausgelegte Innenseite des Metallmantels viel länger warm bleiben. Das war gerade im Personalbereich wichtig, da jeder der Angestellten zu unterschiedlichen Zeiten dazu kam, Tee zu trinken. Er würde auch darüber mit der Hausdame reden.

Neben der Kanne standen Tassen, Untertassen, Zuckerdose, Milchkännchen und eine Schüssel mit kleinen Kuchenstücken. Beanstock nahm sich eine Tasse, schenkte sich goldgelben Tee ein, gab ein Fitzelchen Zucker, einen Hauch Milch dazu und genoss das heiße Getränk.

Earl Grey mit einem Hauch Bergamotte, mein Lieblingstee, dachte er und entspannte sich.

Es würde ein sehr angenehmer Aufenthalt werden. Davon war er überzeugt. Er dachte an das Buch, das auf ihn in seinem Zimmer wartete, hörte den Gesprächen in der angrenzenden Küche zu und war sich so sicher, wie man nur sein konnte.

Auch der entfernte heisere Schrei einer Raubmöwe, der ein böses Omen war, konnte sein gutes Gefühl nicht beeinträchtigen.

Aber auch ein ausgesprochen intelligenter und gut aufgestellter Butler konnte sich irren.

Eine Insel und bunte Bälle auf dem Rasen

Im Salon des Hauses hatte der Gastgeber inzwischen seine Gäste einander vorgestellt, obwohl sich alle, außer vielleicht Sir Percival, kannten. Doch man hatte sich lange Zeit nicht gesehen. Eine sehr lange Zeit.

Max Harper, Master Aircrew, einst verantwortlich für die technische Seite einer Spitfire, war ein drahtiger Herr mit vollem Haar und einer leicht gekrümmten Nase, die von einer schlagkräftigen Auseinandersetzung in einer Bar herrührte. Diese Tatsache reihte sich in eine Reihe von derartigen Vorkommnissen in seinem Leben ein. Sein hitziges Gemüt hatte ihm schon einige Verletzungen eingebracht. Deshalb musste er nun auch seit einem Jahr mit einem vollständig künstlichen Gebiss zurechtkommen, das die Angewohnheit hatte, in unpassenden Augenblicken zu klappern.

Er war zusammen mit Harriet auf der Yacht von Abigail Taylor angereist und hatte sich bereits an Bord mit Lady Abigail überworfen, weil diese ihn mit ihrer hochnäsigen Art gereizt hatte. Harriet war dazwischengegangen. Ansonsten hätte es durchaus noch auf hoher See blaue Flecken geben können.

Harriet Jones, Schwester in den Sanitätszelten des Zweiten Weltkriegs, hatte sich die Nase von Max interessiert angesehen und sich sofort zu einem Witz darüber hinreißen lassen. Das kannte man von der Dame, die noch im Angesicht des Sterbens ihrer Schutzbefohlenen Zeit fand, zu scherzen. Vielleicht eine Art Abwehrmechanismus im Angesicht der vielen Toten im Verlauf des Krieges. Sie war schlank, fast schon mager und trug ihr rötliches Haar kurz.

Abigail Taylor, Corporal der Royal Air Force, Oberschwester des Sanitätscorps, verantwortlich für die Gesundheit der Piloten, hatte nur ein mildes Lächeln für die Anwesenden übrig. Sie stand gewissermaßen über den Dingen.

Seitdem sie die Ehe mit Lord Edward Fitz-Corgy eingegangen war, stufte sie die Scherze von Harriet als unter ihrer Würde ein. Das ließ sie auch gern offen jeden wissen. Obwohl sie in früheren Zeiten durchaus für ihre nicht immer netten Neckereien bekannt gewesen war.

Sie war nun Lady Abigail und fühlte sich ihrem Stand verpflichtet. Ihr Gatte, den sie im Krieg kennengelernt hatte, war vor einem Jahr verstorben. Die lustige Witwe hatte sich daraufhin das lockige Haar platinblond färben lassen und einen jungen Chauffeur und eine stilvolle Yacht zugelegt. Auffällig waren bei der Dame vor allem die in reicher Anzahl getragenen Ketten, die bei jedem Schritt von My Lady klimperten und klangen.

Sie schien ein Problem mit Max Harper zu haben und die beiden gingen sich seit ihrer Ankunft aus dem Weg. Die Anwesenden hatten das bemerkt, als der

Commodore die Gäste einander vorgestellt hatte.

Sir Mortimer, Earl of Southcoffelton, Group Captain der Spitfirestaffel im Zweiten Weltkrieg, war, ganz entgegen seiner Wortgewandtheit, im Moment sehr still geworden. Sir Percival war das sofort aufgefallen. Er wollte seinen alten Freund später bei passender Gelegenheit darauf ansprechen.

Der Commodore Trevor Trevelyan, Befehlshaber über ein Geschwader der Royal Air Force, war dagegen überaus begeistert, seine alten Kameraden wiederzusehen. Es könnte durchaus sein, dass der gute Trevelyan am Ende mit seiner Glückseligkeit allein dastehen würde, so wie die Stimmung sich plötzlich abgekühlt hatte.

Doch eines hatte die Gästeschar gemeinsam. Sie waren alle zusammen in El-Alamein gewesen. In jenen mörderischen Monaten, in denen sich das Schicksal Nordafrikas mit einem Schlag gewendet und die Alliierten gesiegt hatten. Zumindest in Nordafrika. Denn in Europa war der Krieg danach in seiner ganzen Brutalität weitergegangen.

Sir Percival wurde den Gästen vorgestellt. Er war damals bei der britischen 8. Armee gewesen und hatte den Commodore Trevelyan einmal in Nordafrika bei einem Generalstabstreffen getroffen. Mehr hatte er, außer mit seinem guten Freund Mortimer, mit den Anwesenden nicht gemeinsam.

Der Commodore stand auf und klatschte voller Tatendrang in seine Hände.

„Was meint ihr? Croquet? Es ist alles vorbereitet."

Abigail Taylor verzog den Mund.

„Ich habe keine flachen Schuhe dabei. Ihr müsst

auf mich verzichten."

„Du hast doch auf der Yacht flache Sportschuhe getragen", stellte Harriet Jones fest und zwinkerte dabei Max Harper verschwörerisch zu.

Abigail räusperte sich und sah Harriet böse an. Dann ging sie schnaubend vor Wut auf ihr Zimmer und tauschte ihre rosafarbenen Designerschuhe von Sir Edward Rayne, mit einer Kamee am Absatz und halsbrecherisch hoch dazu, gegen flache Sportschuhe. Mit Bedauern sah sie im bodentiefen Spiegel ihres Schlafzimmers, dass die flachen Sportschuhe nicht zu ihrem eleganten lindgrün und rosa gestreiften Cocktailkleid passten.

Die anderen Gäste standen schon auf der Terrasse bereit und gingen nun zum Spielfeld einen kleinen Hügel hinab. Dort gab es eine ebene Fläche, die für Croquet unabdingbar war.

Das Spiel konnte beginnen. Der Commodore hatte rosa Wangen. Er hatte sich wie ein kleiner Junge auf dieses Turnier gefreut und schon vor Tagen alles genaustens geplant und zusammen mit Berti aufgebaut.

Sechs Tore, vier Bälle mit unterschiedlichen Farben, vier seitliche Fahnen und der Stab mit Namen Peg, der in der Mitte des ebenen Rasenstückes stand. Jeder Spieler erhielt von Berti einen Schläger in die Hand. Auch Lady Abigail, die gerade mit säuerlicher Miene von der Terrasse aus zum Spielfeld herabstieg. Sie bekam die Farbe Orange und stellte erneut fest, dass auch diese Farbe nicht zu ihrem lindgrün und rosa gestreiften Cocktailkleid passte.

Commodore Trevelyan rieb sich voller Tatendrang

die Hände. Inzwischen hatte er jeweils zwei Personen zu einem Spielerpaar zusammengestellt. Das sah er als sein Privileg an. Schließlich war er der Gastgeber. Sir Percival bekam Lady Abigail zugeteilt. Die Dame schien damit gar nicht zufrieden zu sein und sah ihren Partner von oben bis unten abschätzend an.

„Blamieren Sie mich nicht. Wie ist Ihr Titel? Baronet? Nun ja. Man muss nehmen, was man bekommt, nicht wahr?", sagte sie zu ihm und ging zum ersten Tor. Sir Percival sah an sich hinunter und verstand die Dame nicht. Sie konnte doch nicht diesen winzigen Bauchansatz meinen, oder?

Jeder Spieler musste seine Bälle in bestimmter Reihenfolge und vorbestimmter Richtung durch die Tore schlagen. Und das Ganze dann nochmals in entgegengesetzter Richtung. Sir Mortimer stellte sich neben seinen Freund.

„Tut mir sehr leid, alter Freund, dass du mit unserer netten Abigail spielen musst. Die Aufstellung stand fest. Der Commodore nimmt dieses Spiel verdammt ernst. Ich hoffe, es gibt keinen Streit. Hast du nicht auch den Eindruck, dass sich Abigail und Max irgendwie belauern? Ich habe das Gefühl, sie mögen sich ganz und gar nicht." Sir Percival stimmte ihm zu. Er hatte diese Atmosphäre der Feindseligkeit zwischen den beiden bemerkt.

Die ersten Schläge verliefen normal. Abigail mit ihrem orangefarbenen Ball traf die vorgeschriebenen Tore recht gut. Als ihr Gegner, in Person von Max Harper, mit dem grünen Ball an der Reihe war, flog allerdings ihr eigener in hohem Bogen fast bis zum Rand des Spielfeldes. Eine ungesunde Röte machte sich auf dem Gesicht der Dame breit. Sie gab Max einen Hieb auf den Rücken. Aber er hatte für My Lady nur ein Lächeln und ein Klappern seines Gebisses übrig. Harriet, die in der Zweiergruppe von Max war, nickte ihm anerkennend zu und freute sich diebisch über diese Aktion ihres Partners.

Sir Percival war an der Reihe. Er stellte sich geschickt an und sein roter Ball kam gut voran. Abigail brauchte eine Weile, ehe sie mit ihrem Ball wieder im Spiel war.

Auf dem Rückweg konnte Lady Abigail wieder triumphieren. Sie kam mit hoher Punktzahl zurück zum Ziel.

„Feind auf zwölf Uhr, Sir Percival", raunte sie ihrem Partner zu und nickte mit dem Kopf in Richtung Max Harper. „Den müssen wir im Auge behalten. Das habe ich damals in El-Alamein auch gemacht. Diesen Kerl hätte man niemals zur Armee zulassen dürfen." Sir Percival war sich nicht sicher, wie die Dame das meinte, und warf einen fragenden Blick zu seinem Freund Mortimer. Der zuckte nur mit der Schulter.

Dafür, dass Lady Abigail zuerst nicht hatte mitspielen wollen, nahm sie das Ganze doch mittlerweile sehr ernst. Etwas zu ernst für den Baronet.

Nachdem die drei Gruppen den ersten Durchgang geschafft hatten, erschien Beanstock mit einem Tablett und bot Erfrischungen an. Miss Blossom hatte ihn darum gebeten und der Butler war sehr gern dazu bereit gewesen. Erlaubte es ihm doch, einen Kontrollblick auf seine beiden Herren zu werfen.

Die Zitronenlimonade wurde von allen gern

angenommen. Nur Lady Abigail sah so sauer wie die ausgedrückten Zitronen drein. Sie schickte Beanstock in den Salon und verlangte einen Martini.

Der Commodore verschluckte sich fast an seiner Limonade. Abigail Taylor hatte sich verändert. Das stand für ihn fest. Sie war während des Krieges eine der verantwortungsbewusstesten Schwestern des Sanitätscorps gewesen. Nicht umsonst war sie zum Corporal befördert worden. Wenn man heutzutage ihren Alkoholkonsum und ihr Auftreten in der Gruppe sah, konnte man nicht umhin, sich zu wundern.

Der zweite Durchgang verlief ohne große Vorkommnisse und danach begab man sich in den Salon für eine Pause. Tee wurde gereicht und Sir Percival warf begehrliche Blicke zu den kleinen Kuchenstücken, die in reicher Auswahl auf dem Büfett standen. Aber zu mehr als zwei Stück von den Limonentörtchen kam er nicht, da der Hausherr seinen nächsten Planpunkt abzuarbeiten gedachte.

„Morgen werden wir sehen, wer das Croquetturnier gewinnt. Heute hatten eindeutig Harriet und Max die Nase vorn." Er klatschte voller Tatendrang in seine Hände. „Sollen wir uns die Insel ansehen? Ihr werdet staunen. Sie ist ein Kleinod."

Die anderen Gäste erhoben sich. Der ein oder andere mit einem leisen Stöhnen. Der straffe Zeitplan des Commodore war anstrengend.

Lady Abigail warf einen interessierten Blick zu den Karaffen mit den Getränken, die auf einem kleinen Beistelltisch standen. Sherry, Whisky und ein guter Likör.

„Ich schließe mich der Wanderung etwas später an, wenn das in Ordnung ist, Commodore. Ich muss mich dringend frisch machen. Wir sehen uns. Ich werde euch auf dieser winzigen Insel schon finden", sagte die Dame mit einem Klimpern ihrer falschen Wimpern und einem Lächeln auf ihrem dunkelrot geschminkten Mund.

„Na gut, altes Haus!", rief der Gastgeber und bereute das alte Haus sofort, als er den säuerlichen Ausdruck im Gesicht der Dame sah.

Harriet Jones, die an ihr vorbeiging, um den Raum nach den Herren zu verlassen, flüsterte Abigail etwas ins Ohr, das die Dame erblassen ließ. Eine dicke Zornesfalte bildete sich zwischen ihren Augenbrauen.

„Was hast du der guten Abi denn gesagt?", fragte Max Harper, nachdem sich alle bis auf My Lady draußen auf der Terrasse versammelt hatten.

„Sie soll versuchen, etwas von dem guten Whisky für uns übrig zu lassen", flüsterte Harriet und grinste breit.

„Gut gemacht." Max lachte ausgiebig. „Die denkt doch, nur weil sie einen Lord geheiratet hat, dass sie jetzt was Besseres ist."

Die kleine Gruppe machte sich auf den Weg, die Insel zu umrunden. Abigail Taylor füllte ein Glas randvoll mit Whisky, nahm einen großen Schluck und sah Max und Harriet boshaft lächelnd nach.

„Der Herr weiß die Frommen aus der Versuchung zu erretten, die Ungerechten aber aufzubewahren für den Tag des Gerichts, um sie zu strafen", murmelte sie und goss sich Whisky nach.

Die Hausdame öffnete die Tür zum Salon und

begann den Tisch abzuräumen.

„Kann ich etwas für Sie tun, My Lady?"

Abigail sah sie von oben herab an.

„Ich werde mein Zimmer aufsuchen und mich frisch machen." Sie ging mit ihrem Glas an Miss Blossom vorbei und durch die offene Tür zur Treppe.

„Dinner um acht, My Lady", sagte die Hausdame. Aber da war My Lady bereits schwankend auf dem Weg nach oben. Ihre diversen Goldketten klimperten am Hals dazu im Takt.

Der Commodore ging inzwischen mit seinen Gästen straffen Schrittes auf einem Pfad oberhalb der Steilküste entlang. Er stützte sich dabei auf einen Gehstock, den er auf Anraten der Hausdame bei seinen Inselausflügen benutzen sollte.

„Ein schönes Stück, Commodore." Sir Percival, der neben ihm lief, wies mit der rechten Hand auf den außergewöhnlichen Kopf des Stockes, der silbrig glänzte. Er stellte offensichtlich einen Papageientaucher dar.

„Sagen Sie bitte Trevor. Wir wollen an diesem Wochenende auf Förmlichkeiten verzichten. Ja, es ist einer von diesen niedlichen Puffins. Die gibt es hier überall auf den Inseln. Hier haben sie Ruhe vor neugierigen Ornithologen oder lauten Touristen und fühlen sich wohl. Der Gehstock war ein Geschenk", antwortete er und sah sinnend auf den hübsch ausgearbeiteten Kopf des Stockes. Ein leiser Seufzer entfuhr seinem Mund und er tastete nach der winzigen Schatulle mit dem Ring seiner Mutter, die er stets bei sich führte, den aber seine Hausdame nicht anzunehmen gedachte.

Der ausgetretene Pfad führte auf hohen Klippen entlang, die sich an dieser Seite steil zum Meer hinabzogen. Überall auf den Felsen watschelten die kleinen Papageientaucher herum. Die Zeit des Nestbaus und des Brütens war vorbei. Aber noch immer konnte man Jungvögel beobachten, die sich mit ihren Eltern um das Sorgerecht zu streiten schienen. Denn nun mussten die lieben Kleinen selbst sehen, wo sie blieben.

Nur am Haus gab es eine flache Bucht mit sanft abfallendem Strand. Aber auch dort erhoben sich vor der Küste spitz aus dem Meer ragende Felsen. Der Commodore wies seine Gäste auf die Gefahren hin, die die Steilküste auf der Insel bereithielt.

„Nicht zu nah an den Rand. Schließlich sind wir keine Puffins und können uns auf leisen Schwingen in die Lüfte erheben. Also aufgepasst, meine Lieben. Selbst bei ruhiger See ist es heikel, eine Überfahrt zu riskieren. Unser Freund aus St. Mary's ist ein erfahrener Seemann, der sich in diesen Gewässern bestens auskennt. Und dann sind da auch noch die vielen Wracks am Meeresboden. Es ist ein tückisches Gewässer und schon so manchem Seemann zum Verhängnis geworden. Ich muss zugeben, dass ich Abigail bewundere. Sie hat es geschafft, durch die gefährlichen Gewässer souverän zu manövrieren."

Harriet Jones hatte sich bei Max Harper untergehakt und unterhielt sich leise mit ihm. Ab und zu kicherte sie und schlug ihrem Begleiter spielerisch auf den Unterarm.

„Ganz so souverän war die Fahrt nicht, Commodore. Sie hätten die alte Abigail hören sollen. Ihr standen Schweißperlen auf der Stirn. Man hatte sie vor den Isles of Scilly gewarnt. Aber die Dame weiß immer alles viel besser", sagte Max Harper.

Der Commodore sah Harriet und Max strafend an.

„Aufschließen, ihr alten Klatschtanten. Jetzt kommen wir zu dem kleinen Kiefernwald. Die Bäume sind so krumm gewachsen, weil sie dem stetig blasenden Wind nachgegeben haben. Meine liebe Hausdame hat mich des Öfteren mit diesen alten knorrigen Bäumen verglichen, wenn ich wieder einmal mit krummem Rücken herumlief. Das Zipperlein macht vor niemandem halt." Er rieb sich zur Unterstützung seiner Aussage über den unteren Rücken. „Und weiter geht es."

Die mit Gras und Farnen bewachsene Fläche wich nun einem kleinen Wäldchen aus wirklich überaus krumm gewachsenen Kiefern. Der Weg führte mitten hindurch und die kleine Gästeschar zog sich immer weiter auseinander. Max und Harriet waren stehen geblieben und unterhielten sich.

Sir Percival hatte zwischen den Kiefern eine seltene Pflanze entdeckt und dachte an seine liebe Gattin, die sich über die Blume sehr freuen würde. Aber er widerstand dem Drang, das Pflänzchen abzupflücken und mitzunehmen. Das erschien ihm falsch. Dabei bemerkte er, dass es zwischen Harriet und Max nicht mehr ganz so fröhlich zuging. Sie schienen sich über irgendetwas zu streiten.

Sir Mortimer hatte sich seinem alten Kameraden Trevor angeschlossen. Die beiden sprachen über alte Zeiten und längst vergangene Gefahren.

Nach gut einer Stunde erreichte die kleine Gruppe eine sanfte Anhöhe, von der aus man das Haus mit dem hohen Turm sehen konnte. Üppiges Grün wuchs um das Haus und die strahlende Abendsonne warf zarte Schatten auf Palmen und Zitronenbäume. Im Küchengarten neben dem Haus konnte man die Köchin sehen. Sie zupfte zarte Kräuter für das Dinner aus dem Boden und legte sie in eine bereitstehende Schüssel.

Der Commodore klatschte in die Hände.

„Und da wären wir wieder angekommen. Ich liebe meine Insel. Sie ist eine der Kleinsten, aber trotzdem wunderschön. Also hereinspaziert. Um acht Uhr steht das Dinner bereit und sicher wollt ihr euch noch etwas frisch machen."

„Was ist dort in dem Schuppen neben dem Turm?", fragte Sir Mortimer. „Du wirst doch deinen alten Aston Martin nicht mit hierhergeschleppt haben, alter Freund. Ich kann mich noch gut erinnern, wie verrückt du nach diesem Wagen gewesen bist."

Der Commodore bekam feuchte Augen.

„Mein alter Martin, wie habe ich ihn geliebt. Nein, Mortimer, in der Remise liegt eine Gig, eines dieser großen Ruderboote, die hier auf den Inseln sehr beliebt sind. Aber sie liegt dort bereits seit vielen Jahren ungenutzt. Ist nur eine kleine Versicherung, falls mal etwas schiefgehen sollte."

„Eine Gig? Korrigieren Sie mich, Trevor, aber gehören da nicht ganze sechs Ruderer dazu? Wie wollten Sie das im Notfall bewerkstelligen? Mit Köchin, Hausdame, Hausmeister und Ihrer Wenigkeit? Die kleinen Puffins werden nicht rudern können", polterte Sir Percival und lachte.

„Da haben Sie vollkommen recht, mein Freund", erwiderte der Commodore. „Darum habe ich auch ein Motorboot bestellt. Ist leider noch nicht geliefert worden, aber das wäre dann die bessere Notvariante. Obwohl ich nicht sicher bin, ob wir in diesen heiklen Gewässern zurechtkommen würden. Ich fürchte, wir würden Schiffbruch erleiden und wie Robinson Crusoe auf einer einsamen Insel stranden. Davon gibt es hier eine ganze Menge."

„Zumindest hättet ihr dann eine Köchin dabei. Wäre interessant, was die Gute aus Seetang zaubern könnte." Sir Mortimer zwinkerte seinen Freunden zu.

„Das möchte ich lieber nicht ausprobieren. Heute Abend könnt ihr euch auf einen kulinarischen Genuss freuen. Gehen wir ins Haus." Der Commodore öffnete die Tür zum Haupteingang, den sie in diesem Moment erreichten, und winkte seine Gäste mit einer schwungvollen Geste hinein.

Die Letzte war Harriet Jones.

„Wo ist Max?", fragte der Commodore.

„Er ist kurz zurückgegangen. Er meinte, etwas verloren zu haben. Sicher kommt er gleich", erklärte Harriet und ging an ihm vorbei hinein.

Der Commodore wartete noch eine Minute, dann zuckte er die Schulter und betrat das Haus. Die anderen Herrschaften waren auf ihre Zimmer gegangen, um sich für das Dinner vorzubereiten. Galauniformen wurden bevorzugt. Beanstock wartete bereits auf seine beiden Herren.

Bevor Sir Percival sein Zimmer aufsuchte, wandte er sich noch an seinen Freund Mortimer.

„Wunderbare Idee war das, hierherzukommen. Vielen Dank, Morti, dass ich mitkommen durfte. Aber warum warst du bei unserer Ankunft so in dich gekehrt? Stimmt etwas nicht?"

„Es sind die Erinnerungen, Perci, die mich eingeholt haben, als ich die alte Truppe wiedersah. Man hat viel durchgemacht. Aber wem sage ich das. Bis später."

Die beiden Herren gingen auf ihre Zimmer und Beanstock stand bereit, um beim Ankleiden zu helfen. Als er dem Baronet in seine Uniformjacke half, gab es noch einen kurzen Schockmoment.

„Das verstehe ich nicht. Die Jacke ist etwas eng. Beanstock, haben Sie meine Uniform vielleicht einmal zu viel reinigen lassen? Sie sitzt um die Taille doch recht straff. Was denken Sie?", fragte der Baronet und drehte sich vor dem großen Spiegel in seinem Zimmer hin und her.

„Da sehe ich kein Problem, Sir. Ich habe alles Nötige dabei." Der Butler ging auf sein Zimmer, nahm aus seinem Koffer das Nähzeug und lief zurück zu seinem Baronet. Es dauerte keine fünf Minuten. Dann waren die Knöpfe entfernt und einen Finger breit zum Rand der Jacke wieder angenäht. Er half Sir Percival erneut in die Uniformjacke und nun saß es besser. Nicht optimal, aber lockerer.

„Ich werde mich mit Ihrem Schneider in London in Verbindung setzen, wenn wir zurück auf Parsley Manor sein werden. Es dürfte kein Problem sein. Sicher haben Sie recht, Sir, die Reinigung hat dem Stoff geschadet."

Beanstock stellte sich gerade hin, besah sich den

Baronet mit etwas Abstand und nickte zufrieden.

„Sie sehen sehr gut aus, Sir. Kein Grund zur Sorge." Mit seinem weichen Lappen wurden nochmals die Orden poliert und mit der Bürste über das Leder der Schuhe gestrichen. Dann war der Baronet von Parsley bereit.

Nachdem Beanstock dem Earl of Southcoffelton ebenfalls beim Ankleiden behilflich gewesen war, machten sich die beiden Herren gemeinsam auf den Weg nach unten.

Pünktlich um acht Uhr sollten sich die Gäste im Esszimmer einfinden. Der Commodore sorgte höchstpersönlich dafür, dass sich niemand verspäten konnte. Er stand in seiner graublauen Paradeuniform, versehen mit den auf Hochglanz polierten Auszeichnungen, in der Empfangshalle und blies zum Angriff auf das Dinner in ein goldglänzendes Horn. Das alte Instrument war noch von seinem Vater, der es für seine Jagdausflüge erworben hatte, gern und ausgiebig hineingeblasen und sich später gewundert hatte, dass das Wild auf und davon gewesen war.

In der ersten Etage wurden Türen geöffnet und die Gäste beeilten sich, über die Treppe nach unten zu kommen.

„Was für ein Anblick!", rief der Commodore und man salutierte ihm brav. „Bitte einzutreten. Die Suppe wird sogleich serviert." Einen Moment hob der Gastgeber die Augenbrauen und sah tadelnd auf das Kleid von Abigail Taylor. Sie kam als Einzige nicht in Uniform. Sie trug ein langes offenherziges Kleid in Violett und um die nackten Schultern eine Federboa.

„Wie immer muss sie aus der Reihe tanzen", flüsterte Harriet Max zu, der als Letzter erschien.

Als alle am weiß gedeckten Tisch saßen und die Suppe von dem Aushilfshausmädchen Pamela serviert wurde, trat genussvolle Stille ein.

„Das ist eine wundervolle Consommé. Ich hatte angenommen, es gibt Gemüsesuppe. Irgendwie riecht es hier im Raum nach Gemüsesuppe", sagte Abigail. Der Commodore sah sich nervös nach der Mingvase und seiner Hausdame um. Aber Miss Blossom hatte es wohl nicht gehört. Er atmete auf.

Nach der Suppe servierte Geoffrey den zweiten Gang, Perlhuhn. Nach Fisch, Braten, verschiedenen Gemüsen und einem exzellenten Nachtisch waren die Gäste des Lobes voll.

Beanstock kümmerte sich auf Bitten der Hausdame um die Getränke an diesem Abend.

„Max, hast du gefunden, was du verloren hattest?", fragte der Commodore, während er sich seine Lippen mit einer Leinenserviette abtupfte.

„Ich hatte mich geirrt. Ich hatte meinen Füllfederhalter vermisst und angenommen, er wäre mir aus der Tasche gerutscht. Er lag aber in meinem Zimmer." Dabei klapperte sein Gebiss hörbar.

Beanstock, der dem Gespräch gefolgt war, wunderte sich. Was für eine seltsame Geschichte. Dann schüttelte er den Kopf über sich selbst. *Beanstock, hör auf, hinter jeder Ecke einen Fall zu erahnen, denk an deine guten neuen Vorsätze,* dachte er bei sich und schenkte Lady Abigail bereits das dritte Glas Wein ein.

Nach dem Dinner zogen sich einige der Gäste auf die Terrasse zurück, um erstens dem Sonnenuntergang zuzusehen und zweitens dem Tabak zu frönen.

Zum Abschluss des Abends saß man im Salon, unterhielt sich über alte Zeiten und der Commodore machte so manchen Witz, den kaum jemand verstand, aber alle zum Lachen brachte.

Max Harper, eigentlich immer für einen Scherz zu haben, stand mit seinem Whisky still am Fenster und sah in die Nacht hinaus.

„Was ist los? Warum bist du so maulfaul?", fragte ihn Harriet. Sie war neben ihn getreten und nippte an einem Gin Tonic.

„Nichts ist los. Ich hätte nicht hierherkommen sollen. Das ist los."

„Wieso denkst du das? Ist doch alles sehr gemütlich. Bis auf die hochnäsige Abigail fühlt man sich gut aufgehoben. Der alte Commodore ist in Hochform und am Himmel ist kein Wölkchen. Warum bist du denn plötzlich so seltsam? Auf der Yacht warst du so witzig, dass ich dachte, Abigail wirft dich über Bord. Trink noch etwas. Vielleicht sind es nur die Schatten der Vergangenheit, die dir zusetzen."

„Ist nur so ein Gefühl. Ich gehe schlafen."

Er grüßte in die Runde und verabschiedete sich für die Nacht. Commodore Trevelyan sah Harriet fragend an. Aber sie schüttelte nur den Kopf.

Es wurde ein lustiger Abend, auch wenn Lady Abigail verstimmt zu sein schien, da sie nicht im Mittelpunkt stand. Harriet flüsterte Sir Mortimer etwas zu, das ihn erröten ließ. Er räusperte sich und bestellte bei Beanstock ein Glas Wasser. Sir Percival hatte das seltsame Benehmen seines Freundes bemerkt. *Was für eine eigenartige Gesellschaft,* dachte er.

Als man spät am Abend zu Bett ging, sprach er seinen alten Freund in dessen Zimmer darauf an.

„Was war denn vorhin mit dir und Miss Harriet?"

„Sie hat mir etwas ins Ohr geflüstert, was ich nicht sehr angebracht fand. Ich habe etwas gegen Tratsch und Klatsch. Das ziemt sich einfach nicht. Vor allem hier in der Gesellschaft alter Kameraden."

„Was hat sie denn gemeint, zu wissen?" Sir Percival ließ nicht locker. Beanstock, der mit im Zimmer war, das Bett für seine Lordschaft aufdeckte und die Uniform ordnungsgemäß in den Schrank hängte, hörte dem Gespräch zu.

„Nun, wie soll ich es nett ausdrücken?"

„Sag es einfach mit ihren Worten."

Beanstock lächelte. Da war der Baronet wohl sehr neugierig. Aber er führte das vor allem auf die Besorgnis zurück, die Sir Percival für seinen guten Freund empfand.

„Lady Abigail hat Liebhaber, den Chauffeur auf ihrem Anwesen und einen in London, einen jungen Lebemann, den sie kräftig aushält. Vielleicht noch einen Gigolo in Frankreich. Die Dame tut immer so hochherrschaftlich, hat es aber faustdick hinter den adligen Ohren. Das waren ihre Worte, immer einmal unterbrochen von einem unangebrachten Kichern. Ich habe nichts darauf geantwortet. Ich weiß auch gar nicht, ob es erstens stimmt oder zweitens, woher Harriet ihre Informationen haben will." Sir Mortimer war aufgebracht.

„Außerdem, sagte Harriet, hebt Abigail gern einen. Das waren ihre Worte", setzte er noch hinzu.

„Einen heben! Was ist das denn für ein unangebrachter Ausdruck! Ich bin doch sehr überrascht gewesen ... und sie hat eine sehr feuchte Aussprache. Ich musste immer etwas auf Abstand gehen!" Sir Mortimer griff zu einem Taschentuch und rubbelte damit in seinem linken Ohr herum.

Sir Percival versuchte, ihn zu beruhigen.

„Max, Harriet und Abigail sind zusammen mit dieser Yacht angereist. Wahrscheinlich hat die Dame dort etwas aufgeschnappt. Max Harper ist auch ziemlich empfänglich für Tratscherei. Das habe ich schon bemerkt. Sehen wir, wie es morgen wird. Ich finde es sehr entspannend auf der Insel und bin froh, dass du mich mitgenommen hast. Morgen kannst du zeigen, dass du besser Croquet spielen kannst als Max. Gute Nacht, alter Freund."

Beanstock verabschiedete sich ebenfalls, wünschte dem Earl of Southcoffelton eine angenehme Nacht, wies ihn darauf hin, dass sein Zimmer eine Treppe höher hinter der roten Tür wäre und er jederzeit um Hilfe bitten könne. Leider gab es im Haus kein Klingelsystem auf den Zimmern. Beanstock bedauerte das. Dann folgte er seinem Baronet und half ihm in seinem Zimmer, die Paradeuniform abzulegen und sich für das Bett fertig zu machen.

„Morgen nur einen leichten Anzug, Beanstock. War doch ziemlich unbequem, diese alte Uniform. Ich weiß nicht, wie ich es so viele Jahre ausgehalten habe, damals im Krieg täglich damit herumzulaufen. Abigail hat es eigentlich richtig gemacht. Sie trug ein sehr freizügiges Abendkleid. Obwohl ich natürlich in so einem Kleid nicht so gut aussehen würde." Der

Baronet lachte schallend und gähnte anschließend ausgiebig. „Gute Nacht, Beanstock."

Beanstock neigte den Kopf und ging auf sein Zimmer. Sein Buch wartete auf ihn.

Auf dem Flur beobachtete er noch etwas. In der offenen Tür seines Schlafzimmers stand der Commodore und redete mit Miss Blossom. Er schien mit irgendetwas nicht zufrieden zu sein und versuchte, die Dame um etwas zu bitten.

„Ach bitte, Blossi, ich bin doch so daran gewöhnt." In diesem Moment bemerkten die beiden Beanstock, der mit einem Lächeln an ihnen vorbeiging.

Die Hausdame räusperte sich.

„Gute Nacht, Sir. Wir hatten darüber gesprochen, Sir. Es ist heute hoffentlich alles zu Ihrer Zufriedenheit abgelaufen." Miss Blossom hatte das Wort Sir beide Male über die Maßen betont. Sie drehte sich um und ging nochmals nach unten. Sie wollte in der Küche nach dem Rechten sehen und danach die Türen des Hauses abschließen. Dieses Ritual hatte sie sich über die Jahre angewöhnt. Beanstock verstand das sehr gut.

„Verdammt." Das war das Wort, das Beanstock von Seiten des Commodore noch hören konnte, bevor dessen Tür ins Schloss fiel.

In seinem Zimmer mit der braunen Tür stand Max Harper an dem offenen Fenster und sah in die Nacht hinaus. Er griff zu seinen Zigaretten, steckte sich eine in den Mund und entzündete sie mit seinem Feuerzeug. Dann drehte er das silbrige Ding in seiner Hand und starrte auf die Initialen, die in feinen verschnörkelten Buchstaben auf einer Seite eingraviert waren.

S.K.

Er strich sich mit der rechten Hand über die Augen und heiße Tränen fielen heraus.

„Was habe ich getan?", murmelte er.

Frühstück minus eins

Commodore Trevelyan saß im Esszimmer und wartete auf seine Gäste. Beanstock und Miss Blossom trugen eine Platte nach der anderen aus der Küche und drapierten sie auf dem breiten Büfett links vom Esstisch.

Der Commodore schien sich zu langweilen. Er trommelte mit den Fingern der rechten Hand einen Marsch auf dem Tisch und brummte zur Unterstützung die Melodie dazu. Miss Blossom warf ihm einen strafenden Blick zu. Er verstummte.

„Wieso wurde nur für fünf gedeckt?"

„Wie meinen Sie, Sir? Es ist alles wie vorgesehen. Das Hausmädchen wurde von mir entsprechend instruiert." Die Hausdame ließ ihren Blick über die gedeckte Tafel schweifen. Tatsächlich fehlte ein Gedeck.

„Mr Beanstock, wären Sie so nett, noch ein Gedeck zu holen? Diese Aushilfsdienstboten sind nicht akzeptabel. Pamela sitzt meistens in der Küche rum, stiert Löcher in die Wand oder raucht irgendwo und ihr Vater Geoffrey zieht ein Gesicht, als hätte er zum Frühstück Essig getrunken."

Beanstock neigte zustimmend den Kopf und ging zum Geschirrschrank an der hinteren Wand. Er öffnete die Schranktüren und wollte gerade ein neues Gedeck entnehmen, als Pamela mit einer Schüssel das Esszimmer betrat.

„Sie haben zu wenig eingedeckt, junge Dame", warf Miss Blossom ihr vor.

„Für sechs Personen, Madam, wie Sie es vorgeschrieben haben", erwiderte sie mit nicht sehr höflichem Unterton in der Stimme. Sie sah auf die gedeckte Tafel und bemerkte ihren Fehler.

„Aber ich habe doch sechs Gedecke ..." Sie war sich selbst nicht mehr sicher.

„Das ist jetzt nebensächlich. Bringen Sie bitte die nächsten Speisen herein." Miss Blossom verdrehte die Augen.

Pamela knickste und ging.

Sir Percival und sein Freund Mortimer waren die ersten Gäste, die sich zum Frühstück einfanden. Kurz danach erschienen Harriet und Abigail, beide wirkten ziemlich müde.

„Max lässt wieder einmal auf sich warten. Man sollte doch meinen, dass er sich als ehemaliger Master Aircrew, der für die Wartung der Spitfirestaffel zuständig gewesen war, Pünktlichkeit angewöhnt haben sollte." Der Commodore hasste Unpünktlichkeit. „Nun ja, der Krieg ist vorüber. Lasst es euch schmecken, meine Damen, meine Herren."

Beanstock hatte inzwischen die Teekanne aus der Küche geholt und goss ein, während Miss Blossom einen Teller für den Commodore füllte. Die anderen Gäste waren aufgestanden und bedienten sich selbst an dem reichlich bestückten Büfett.

Nach etwas mehr als einer Stunde wurde es dem Commodore zu bunt. Das Croquetturnier sollte pünktlich beginnen.

„Miss Blossom, vielleicht schicken Sie Geoffrey hinauf, um nach Max Harper zu sehen. Sehr unangenehm, dass man dem Mann nachlaufen muss."

Nach fünf Minuten kam der Aushilfsdiener Geoffrey zurück in das Esszimmer. Er beugte seinen Kopf, verzog dabei keine Miene und wies mit seiner rechten Hand nach oben zur Decke. Alle sahen nach oben. Dann zurück zu dem Diener Geoffrey. Unverständnis machte sich breit.

„Wo ist denn nun Max? Ist er auf dem Weg oder will er das Turnier verschlafen, zum Kuckuck!", rief der Commodore entnervt.

„Der Gast ist nicht in seinem Zimmer. Das Bett ist unberührt. Im Schrank war er auch nicht", sagte Geoffrey, in einem seltsam anmutenden Singsang ohne jegliche Betonung und ohne mit der Wimper zu zucken. Beanstock fragte sich, warum Geoffrey im Schrank nachgesehen hatte. Was sollte Mr Harper im Schrank machen? Er hätte wohl kaum dort übernachtet. Oder?

Die Anwesenden sahen sich fragend an.

Harriet Jones stand als Erste auf und lief aus dem Zimmer. Man hörte ihre trommelnden Schritte auf der Steintreppe.

„Warum haben Sie im Schrank nachgesehen?", fragte Beanstock den Diener.

„Ich bin ein überaus gründlicher Mensch, Sir."

Das befriedigte Beanstocks Neugier nicht. Er vermutete eher, dass der Mann die Gelegenheit genutzt und herumgeschnüffelt hatte. Die Sache mit dem Schrank war ihm sozusagen aus Versehen über die Lippen gesprungen.

Harriet Jones erschien im Esszimmer.

„Es stimmt. Max war wohl überhaupt nicht in seinem Zimmer heute Nacht. Wo kann er denn sein?"

Der Commodore sprang auf. „Eine Suchaktion wird organisiert. Unser Turnier muss warten. Sehen wir nach, wo sich dieser Unglücksmensch herumtreibt. Ich werde ihn strammstehen lassen und ihm die Leviten lesen. Max bringt den schönen Zeitplan vollkommen durcheinander."

Alle außer der Köchin machten sich auf den Weg. Sie konnte die Töpfe auf dem Herd schlecht allein lassen. Im Ofen sei ein Hühnchen und niemand wollte es später schwarz aufgetischt bekommen, bemerkte sie.

Der Commodore, wiederum in seinem Element, hatte die Anwesenden in drei Gruppen aufgeteilt. Er konnte nicht aus seiner Haut. Die Arbeiten wurden von ihm in militärisch präzisem Tonfall verteilt.

„Gruppe eins nimmt den Weg an der Küstenstraße. Gruppe zwei durchsucht die Nebengelasse und Gruppe drei durchstreift die Mitte der Insel. Wegtreten!" Miss Blossom sah ihren Arbeitgeber strafend an. Der Commodore lächelte glückselig.

Sir Percival und Mortimer waren gemeinsam mit Beanstock und Berti in Gruppe zwei. Sie begannen in der Remise. Berti öffnete das zweiflügelige Tor und man sah sich der großen Gig gegenüber, die unter einer Plane seit Jahren ein einsames Leben fristete.

Beanstock lupfte die Plane etwas an und bemerkte Rost und verrottete Planken. Kein sicheres Transportmittel mehr.

Im hinteren Teil der Remise gab es eine alte Holztür. Berti zog ein Schlüsselbund aus der Tasche und wollte aufschließen. Er stutzte.

„Hier geht es zum Turm hinauf. Seltsam. Die Tür ist gar nicht abgeschlossen. Muss jemand vergessen haben."

Er öffnete die Tür und dahinter kam eine Wendeltreppe aus Metall zum Vorschein. Die Herren machten sich an den Aufstieg. Sir Percival bereute, dass er sich noch einmal Rührei und Würstchen nachgenommen hatte. Er schnaufte.

Es waren eine Menge Stufen in dem runden Turm, der immerhin mindestens fünfzehn Yard hoch war.

Oben, im einzigen Raum des Turms angekommen, erlaubten die Fenster einen weiten Blick rings um die gesamte Insel. Zumal am heutigen Tag das Wetter günstig war. Kaum eine Wolke am Himmel und klare Sicht bis zum Horizont. In weiter Ferne sah man die Häuser der Hauptinsel.

Beanstock umrundete den Raum mehrmals und sah nach den anderen Gruppen. Auf einem einfachen Holztisch vor einem der Fenster, auf dem auch das Funkgerät stand, hatte er ein Fernglas entdeckt. Der Commodore, Harriet und Pamela, das Dienstmädchen, gingen gut sichtbar am Küstenweg entlang. Der Weg, den man am Tag vorher bereits beschritten hatte. Er hielt das Fernrohr an seine Augen und konnte beobachten, wie Pamela gelangweilt mit einem Stock herumfuchtelte und sich immer weiter von der Gruppe entfernte.

Beanstock richtete das Fernrohr zur Mitte der Insel. Dort entdeckte er die Hausdame und Lady Abigail in einem Streitgespräch. Geoffrey stand wortlos daneben und beteiligte sich nicht. Seine Miene essigsauer. Beanstock schüttelte den Kopf. Er gab das Fernrohr an Sir Percival weiter, der ähnliche Beobachtungen machte.

„Da ist aber jemand sehr sauer, scheint mir. Lady Abigail kriegt gleich einen Herzinfarkt, wenn sie so weiter schreit. Ach! Jetzt dreht sie um und geht zurück zum Haus. Sehr eigenartig, oder Beanstock?"

Der Butler nickte zustimmend.

Von Max Harper gab es keine Spur.

Suchtrupp Nummer zwei, allen voran Berti, machte sich auf den Weg nach unten. Unten angekommen, schloss er die Tür hinter den Männern wieder vorschriftsmäßig ab.

„Ist es nicht unnötig, immer abzuschließen? Die Zahl der Einwohner von Little Penny ist doch ganz übersichtlich. Wer sollte denn unberechtigterweise den Turm betreten?", fragte Sir Mortimer an Berti gewandt.

„Das hat der Commodore, als er vor ein paar Jahren die Insel bezogen hat, so bestimmt. Ich kenne es nicht anders. Ist ja auch keine Arbeit", erklärte Berti.

Dann wies er mit der Hand in Richtung Hafen, wenn man es denn einen Hafen nennen wollte. Es gab ja nur diesen einen Steg als Anlegestelle für das Fischerboot.

Lady Abigails Yacht *Storm Witch* lag gut vertäut

am Steg und schlingerte leicht im Auf und Ab der Meereswellen. Der heisere Ruf der Raubmöwen begleitete die Herren. Beanstock sah zum Himmel hinauf. Seit zehn Minuten verdunkelte er sich plötzlich zusehends. Das war schnell gegangen. Soeben war der Himmel noch azurblau gewesen. Nun fielen erste Tropfen auf den Boden.

Berti stieg über die Reling der Yacht, öffnete eine kleine Doppeltür und warf einen kurzen Blick in die untere Kabine. Nichts. Er sprang zurück auf den Steg.

Die Männer sahen sich an und Berti pustete seine Wangen auf. Mit einem lauten Zischlaut entließ er die Luft wieder.

„Wo sollen wir noch suchen, wenn die anderen den Herrn auch nicht finden?"

„Kann man unterhalb der steilen Klippen dem Ufer folgen?", fragte Beanstock.

Berti schüttelte den Kopf. „Das wäre kreuzgefährlich, die Steine sind spitz und scharf wie Rasiermesser. Es gibt, außer hier an der Anlegestelle, kein begehbares Ufer. Die Steilküste zieht sich fast um die gesamte Insel. Es gab auch schon Felsstürze. Da sollte man sich unterhalb der Klippen lieber nicht aufhalten. Ich hoffe nicht, dass der Herr den Uferweg betreten hat. Er ist so nah am Wasser, dass man kaum gehen kann, ohne nass zu werden."

Ein markerschütternder Schrei gellte aus Richtung der Suchmannschaft Nummer eins. Berti und Beanstock liefen schnellstens in Richtung des Schreis, während die beiden anderen Herren folgten. Sie hofften, dass niemand auf der oberen Küstenstraße in den Abgrund gestürzt war.

Aus der Inselmitte lief Miss Blossom herbei, die Wangen rot vom Lauf. Atemlos. Ängstlich.

„Der Commodore! Immer geht er zu nah an den Rand der Klippen!", rief sie und spurtete an Berti und Beanstock vorbei. *Sie wäre eine gute Läuferin für Kurzstrecken,* dachte Beanstock, machte sich aber im selben Moment Vorwürfe, dass seine Gedanken unangebracht sein könnten. Wer weiß, was sie am Ort des Geschehens erwartete.

Aber dem Commodore ging es gut. Allerdings hockte Harriet neben der ohnmächtigen Pamela und wedelte ihr Luft zu.

Beanstock nahm ein Fläschchen aus der Innentasche seines Jacketts, zog einen winzigen Korken heraus und hielt der jungen Frau die geöffnete Flasche unter die Nase. Sofort begann Pamela zu husten und setzte sich stöhnend auf. Sie sah erschrocken in die Gesichter der Leute, die sie umringt hatten.

„Dort!", rief sie stotternd und wies mit der Hand in Richtung Klippenrand.

„Was haben Sie eigentlich alles in Ihren Taschen, Beanstock?", fragte Sir Percival, der soeben mit Sir Mortimer angekommen war. Dieser Butler überraschte ihn immer wieder, obwohl Beanstock nun schon so lange für ihn arbeitete.

„Immer auf alles vorbereitet sein, Sir." Er verkorkte das Fläschchen sorgfältig und schob es zurück in die Innentasche seines Jacketts.

Berti war zum Rand gegangen und hatte sich vorsichtig vorgebeugt.

„Verdammt", murmelte er.

Beanstock trat neben ihn und sah ebenfalls hinab.

Weit unten auf einem kleinen Vorsprung lag Max Harper. Seine Augen waren geschlossen und an seinem Mund sah man sogar aus dieser Entfernung ein Blutrinnsal. Neben ihm lag das Gebiss. Sicher durch den Sturz herausgerutscht. Er musste wohl an die zwanzig Yards gefallen sein. Die Felsen mit ihren spitzen Zacken hatten ein Übriges getan und ihn wahrscheinlich aufgespießt.

Beanstock fiel plötzlich das fehlende Gedeck beim Frühstück ein. Wer hatte zu diesem Zeitpunkt bereits wissen können, dass jemand kein Frühstück brauchen würde?

„Wir können ihn unmöglich da heraufholen. Nicht ohne Hilfe. Am besten funken wir Charly auf St. Mary's an. Er kann die Polizei informieren und Hilfe schicken", stellte der Commodore traurig fest.

„Ich würde es versuchen, Sir", schlug Berti vor, sah über den Rand und schätzte die Länge des Seils, das er benötigen würde.

„Das kommt nicht infrage, mein Junge. Das ist viel zu gefährlich. Wenn die Polizei gekommen ist, werden sie ihn dort heraufholen", sagte der Commodore und Miss Blossom nickte dazu.

Alle, die sich trauten, warfen einen letzten Blick auf den gestürzten, ehemaligen Master Aircrew Max Harper. Ein niedlicher Puffin landete auf dem Körper des Soldaten ade und sah zu ihnen herauf, als wolle der kleine Kerl fragen, *braucht Ihr das Ding noch? Das braucht Ihr doch sicher nicht mehr.* Er watschelte mit seinen kurzen Beinchen auf dem Leichnam herum und schien nach Brauchbarem zu suchen. Das Gebiss erschien ihm lohnend. Er hackte daran herum, nahm es schließlich in seinen Schnabel und flog davon.

Pamela fiel erneut in Ohnmacht, diesmal in die Arme ihres Vaters Geoffrey, der nun endlich auch dazugekommen war.

Seine Miene, weiterhin unergründlich. Vielleicht überlegte er, dass ein Gast weniger auch weniger Arbeit bedeutete. Man könnte meinen, dass diese Grimasse ein Lächeln sein sollte. Aber da musste man wirklich seine Fantasie spielen lassen. Beanstock registrierte auch das sofort und notierte in Gedanken die Szene.

Harriet Jones begann unkontrolliert zu weinen. Miss Blossom nahm sich ihrer an und geleitete sie zum Haus zurück.

Der Commodore schickte Berti auf den Turm und gab ihm den Auftrag Charly, den Fischer, anzufunken.

„Das war es dann mit unserem Croquetturnier. Ohne Max sind wir zu wenig", murmelte er. Sir Percival war fassungslos über diese nicht sehr einfühlsame Aussage.

Die Suchmannschaften kehrten zum Haus zurück. Sie gingen schweigend in den Salon und setzten sich. Harriet Jones immer noch in Tränen aufgelöst.

Abigail stand vor dem Fenster zur Terrasse, ein Cocktailglas in der Hand. Das bläuliche Getränk sah nicht nach Wasser aus.

„Wo warst du, zum Teufel? Max ist von der Klippe gestürzt! Er ist tot!", schrie Harriet sie an.

Abigail drehte sich zu ihr um und lächelte.

„Nun benimm dich nicht wie eine trauernde

Witwe. Konntest Max doch überhaupt nicht leiden. Das hast du auf der Yacht unmissverständlich klargemacht, meine Liebe. Denkst du, ich habe euer Gespräch nicht mitbekommen?"

„Wie kannst du so boshaft sein? Du konntest ihn doch nur nicht ausstehen, weil er ..."

„Weil er was? Sag es doch, meine Liebe. Aber das tust du nicht, oder? Weil man das nicht laut ausspricht, nicht wahr? Du warst damals nur allzu gerne bereit, alles unter den Teppich zu kehren. Hast dich mit deiner Sympathie für Max rausgeredet. Du bist so eine Heuchlerin. Lassen wir doch die alten Geschichten. Nun ist er dort, wo er immer hinwollte."

„Was bist du für ein missgünstiges Weib!", rief Harriet.

„Das gewöhnt man sich an."

Beanstock stand an einem Tisch, auf dem sich verschiedene Flaschen mit Flüssigkeiten in allen Farben des Regenbogens aneinanderreihten. Es war ihm mehr als peinlich, diese Auseinandersetzung zwischen den Frauen mitzuerleben. Zumal Lady Abigail bereits leicht schwankte und wohl nicht mehr ganz Herr oder Dame ihrer Sinne war. Aber interessant war es schon gewesen, zu erfahren, dass in der Vergangenheit etwas verheimlicht worden war, das Max Harper betraf.

Sir Mortimer schlug mit seiner Hand auf den Salontisch. Alle Anwesenden zuckten zusammen.

„Was soll denn dieses Verhalten, während draußen einer unserer Kameraden zu Tode gekommen ist? Ich muss mich doch sehr wundern, meine Damen." Der Earl of Southcoffelton war erschüttert über dieses

Benehmen. In ihm regte sich der Verdacht, dass sein Kommen ein Fehler gewesen war. Er erbat sich einen Whisky von Beanstock. Der Butler servierte und fragte dann die anderen Anwesenden nach ihren Wünschen.

„Noch gestern sagte der gute Max zu mir, dass es falsch gewesen war, hierherzukommen. Genauso hat er es gesagt." Harriet drückte sich ihr Taschentuch an die eigentlich bereits trockenen Augen.

„Was meinte er denn damit?", fragte der Commodore erschüttert.

Durch irgendeinen unbewussten Gedankengang dachte Beanstock plötzlich an den Chauffeur der Baronets. Was, wenn es kein Unfall gewesen ist?, hätte das nicht Gonzales in diesem Moment gesagt? Manchmal war dieser Mann ein außerordentlich hilfreicher Partner, wenn es um praktische Detektivarbeit ging. Vor allem, wenn es sich um die Damenwelt handelte. Fehlte ihm der stets fröhliche Spanier etwa?

Jemand riss die Haustür auf und kam wie von Hunden gehetzt durch die offene Tür des Salons gelaufen.

Berti bekam kaum Luft und stützte kurz seine Hände gebückt auf seine Knie. Er atmete tief ein und richtete sich wieder auf.

„Alles in Ordnung? Was ist passiert?", fragte der Commodore mit ängstlicher Stimme. „Haben Sie Charly erreicht?"

Berti schüttelte den Kopf.

„Ich weiß ganz genau, dass ich die Tür zum Turm hinter uns abgeschlossen habe, bevor wir zum Hafen gingen. Nicht wahr, Mr Beanstock?" Der Butler nickte zustimmend.

„Die Tür war offen, schon wieder. Ich konnte Charly nicht anfunken. Irgendjemand hat das Funkgerät zerstört. Alle Drähte sind herausgerissen."

„Wer, zur Hölle, war das?", rief der Commodore in die Runde. „Es kann nur jemand von uns gewesen sein! Was ist denn mit euch los? Drehen jetzt alle durch?"

Beanstock verließ den Salon und ging in die Küche. Miss Blossom und die Köchin saßen mit Pamela und Geoffrey am Esstisch des Personals und tranken Tee.

Nach einer Minute erschien auch Berti. Er nahm sich einen Becher und schenkte sich Tee aus der großen silberfarbenen Kanne ein. Dann ließ er sich auf einen der Stühle sinken und atmete tief ein und aus.

„Was für ein Schlamassel. Das Funkgerät ist kaputt."

Beanstock beobachtete genau die Reaktionen der Anwesenden. Aber es war nicht zu erkennen, ob jemand schuldig dreinblickte. Bei Geoffrey Matlock war er sich allerdings nicht sicher. Der Mann mit der ewig sauren Miene verzog kaum das Gesicht. Es schien ihn nicht zu berühren.

Miss Blossom sprang auf.

„Das ist nicht dein Ernst, Berti!"

Der junge Mann trank einen Schluck und nickte dabei.

„Mr Beanstock, was sollen wir denn nun tun? Der Fischer kommt erst morgen am späten Nachmittag, um die Gäste abzuholen und die Post zu bringen. Wir können den armen Mr Harper doch nicht so lange den Unbilden des Wetters ausgesetzt lassen. Ich fühle mich irgendwie überfordert." Sie ließ sich zurück auf den Stuhl fallen, nippte an ihrem Tee und legte die linke Hand über die Augen.

„Wir haben keine Wahl. Wir müssen bis morgen warten. Was ist mit der Yacht Lady Abigails? Befindet sich nicht ein Funkgerät auf diesem Boot?", fragte er. Berti nickte zustimmend, sprang auf und lief sofort zurück in den Salon, um nachzufragen.

Beanstock folgte ihm und machte sich dann zusammen mit Lady Abigail und Berti auf den Weg zur Yacht. Das Boot schlingerte immer noch, wie von Beanstock vor ein paar Minuten gesehen, auf den sich kräuselnden Wellen auf und ab. Der Wind hatte zugenommen. Berti erwähnte Beanstock gegenüber, dass er gern versuchen würde, mit einem Seil zu dem verunglückten Max Harper hinabzuklettern und ihn heraufzuziehen.

„Was denken Sie, Sir?", fragte er Beanstock.

Beanstock sah zum Himmel, der immer bedrohlicher aussah.

„Das halte ich im Moment für keine gute Idee. Das Wetter scheint sich zu ändern. Das geht sehr schnell am Meer, wie ich bereits feststellen musste. Es ist schlimm, aber wir sollten eine derartige Aktion auf morgen verschieben. Sagen Sie, Berti, gibt es auf der Insel noch eine andere seichte Stelle, an der ein Boot anlegen könnte? Oder zieht sich diese Steilküste wirklich rings um die Insel?"

Berti dachte einen Moment nach.

„Nun, die Steilküste zieht sich schon rund herum,

aber an der Nordseite gibt es eine Höhle, in der man eventuell landen und dann zu Fuß weitergehen könnte. Man kommt dann in der Nähe des Hauses heraus. Der Commodore hat mit mir diese Höhle einmal erkundet. Wie hat Miss Blossom danach mit ihm geschimpft. Wir sahen aber auch beide aus, als ob wir zum Mittelpunkt der Erde geklettert wären. Aber es war interessant. Vielleicht haben Schmuggler früher diese Höhle genutzt. Da liegen eine Menge leerer Kisten und Fässer herum."

Am Steg vor dem fest vertäuten Boot angekommen, sah Lady Abigail Berti fragend an. Der junge Mann verstand nicht, was die Dame von ihm wollte. Beanstock griff nach der Hand der Lady und half ihr, auf die Yacht zu steigen.

„Was für ein unfähiges Personal. Der Commodore ist nicht zu beneiden. Denkst du etwa, ich kann mit meinem Kleid allein an Bord krabbeln? Das ist ein Pariser Model von Dior! Schlimm genug, dass der Regen es schädigen wird", rief sie Berti arrogant lächelnd zu.

Glücklicherweise hatte der leichte Nieselregen etwas nachgelassen, der noch vor ein paar Minuten gefallen war. Beanstock könnte sich vorstellen, dass die Lady sich sonst sicher geweigert hätte, zu ihrer Yacht zu gehen. Noch dazu mit ihren Schuhen. Die flachen Sportschuhe hatte sie wieder gegen elegante Pumps getauscht.

Sie verschwand in der Kabine und war sofort wieder zurück. In der Hand hielt sie einen Metallkasten, der vollkommen zerbeult aussah.

„Das war mein Funkgerät! Eine Frechheit ist das!

Das muss mir der Commodore ersetzen!", rief die Lady zornesrot.

Sie sprang plötzlich, ganz ohne fremde Hilfe, von Bord und lief den beiden Herren voraus zum Haus zurück. Dort knallte sie das Funkgerät auf den Salontisch. Die Anwesenden hüpften erschreckt auf ihren Stühlen empor.

„Martini!", rief sie Beanstock zu, als der in der offenen Tür des Salons kurz nach ihr erschien.

Nach dem Dinner am Abend, das sehr schweigsam verlief, verabschiedeten sich die Gäste sofort und gingen auf ihre Zimmer. Nur der Commodore blieb im Esszimmer sitzen. Er sah Pamela und Beanstock zu, wie sie den Tisch abdeckten. Pamela war gerade mit dem letzten Tablett schmutzigen Geschirrs verschwunden.

Beanstock hob die Nase. Seltsam. Es roch immer noch ganz leicht nach einer Gemüsesuppe. Nicht mehr so stark, aber man konnte den Geruch noch wahrnehmen. Der Commodore sah den Butler lauernd von der Seite an. Aber er sagte nichts dazu und nahm sich vor, die arme Mingvase heimlich verschwinden zu lassen.

„Darf ich Ihnen noch etwas bringen, Sir?"

„Danke, Beanstock. Aber nein. Ich verstehe das alles nicht. Max Harper war ein kräftiger Mensch. Wie konnte er so unvorsichtig sein? Das passt gar nicht zu ihm. Wie ich gehört habe, war er sogar ein recht guter Bergsteiger. Wann, meinen Sie, könnte das passiert sein?"

Beanstock stellte sich neben den Stuhl des

Commodore.

„Ich denke, gestern in der Nacht. Mr Harper verabschiedete sich relativ frühzeitig nach dem gestrigen Dinner. Er muss noch einmal das Haus verlassen haben, bevor Miss Blossom abgeschlossen hatte, und den Küstenweg genommen haben. Ich denke nicht, dass es heute Morgen passiert ist."

„Wieso denn nicht? Vielleicht hat er einen Morgenspaziergang gemacht. Kann doch sein."

Beanstock überlegte, ob er dem Gastgeber seine Gedanken offenlegen sollte. Er entschied sich dafür.

„Nun, Sir, das fehlende Gedeck heute beim Frühstück. Pamela hat gegen acht Uhr den Tisch eingedeckt. Das weiß ich, da ich um diese Zeit die Eingangshalle durchquerte und das Mädchen im Esszimmer gesehen habe. In diesem Moment kam auch Miss Blossom aus Richtung der Küche und schloss, wie es wahrscheinlich ihre Gewohnheit seit vielen Jahren ist, die Eingangstür auf. Sie war also noch verschlossen. Und das seit etwa vierundzwanzig Uhr.

Ich befand mich um Mitternacht des Vortages auf dem Weg in die Küche, um ein Glas Milch zu mir zu nehmen. Da bemerkte ich, dass die Hausdame die Tür nochmals überprüfte. Ich glaube kaum, dass Mr Harper durch ein Fenster geklettert ist. Die Türen zur Terrasse waren ebenfalls abgeschlossen. Er hat folglich vorher das Anwesen verlassen. Außerdem ist sein Bett unberührt."

Der Commodore sah den Butler mit weit aufgerissenen Augen an.

„Sind Sie so etwas wie ein Detektiv? Woher wollen Sie das alles genau wissen? Das scheint mir doch sehr spekulativ."

„Glaub ihm nur, Trevor, er versteht eine Menge von diesen Dingen." In der offenen Tür standen Sir Mortimer und Sir Percival, Letzterer mit einem Kopf-schütteln.

„Meine Güte, Beanstock, wie soll ich das meiner Fedora erklären?"

Minus zwei?

Am nächsten Morgen überwachte Beanstock persönlich das Eindecken zum Frühstück. Pamela hatte gemault, da er von ihr, natürlich nach Absprache mit Miss Blossom, verlangt hatte, bereits um sieben Uhr im Esszimmer zu erscheinen. Prompt kam das Mädchen zu spät.

Beanstock hatte die Arbeit allein übernommen. Es fiel ihm nicht schwer. Obwohl er sich des Eindrucks erneut nicht erwehren konnte, dass es in der Nähe der Fenster nach Gemüsesuppe roch. Vielleicht hing das Aroma von einem der vorherigen Essen noch im Raum. Im Moment hatte er keine Zeit, diesem Rätsel auf den Grund zu gehen.

Als Pamela gähnend und mit unzureichend frisiertem Haar erschien, war der Tisch mit frischer Tischdecke, dem guten Geschirr mit Goldrand und dem Silberbesteck gedeckt. Neben jedem Gedeck stand jeweils ein Wasserglas und Beanstock legte letzte Hand an die Servietten.

„Warum bestellen Sie mich so früh, wenn Sie alles auch allein geschafft haben? Das finde ich aber ziemlich rücksichtslos", maulte Pamela, zog sich einen Stuhl heran und setzte sich.

Beanstock hüstelte und sah sie mit hochgezogenen Augenbrauen an. Das Mädchen stand sofort auf, verdrehte aber die Augen. Beanstock rückte den Stuhl sofort wieder ordnungsgemäß an seinen Platz. Die junge Frau würde das wohl nicht tun wollen.

„Wenn ich sage, sieben Uhr, dann können Sie nicht um sieben Uhr dreißig erscheinen und sich beschweren, junge Dame!"

Das Mädchen sagte nichts dazu. Sie drehte sich um und verließ das Esszimmer in Richtung Küche. Fast wäre sie mit der Hausdame kollidiert, die die erste Platte mit kalten Speisen hereinbrachte. Sie wandte sich an den Butler.

„Wie schön, Mr Beanstock, Sie sind schon fertig. Man merkt, dass Sie einem großen Haushalt vorstehen. Vielen Dank für Ihre Hilfe. Sie sollten jetzt frühstücken. Alles steht im Essraum der Dienstboten bereit. Kommen Sie."

In der Küche stand Miss Smith am Herd und rührte Porridge an. Es duftete nach frischem Brot und Kaffee. Beanstock nahm sich, wie üblich, eine Tasse Tee und eine Schüssel Porridge. Berti saß bereits am Tisch und begrüßte den Butler höflich.

Geoffrey erschien zehn Minuten später. Die Hausdame zankte wieder einmal mit Pamela, die ihr beim Auftragen der Speisen im Essraum helfen sollte und lamentierte, dass sie ihr Frühstück unterbrechen sollte. Inzwischen war es acht Uhr.

Um acht Uhr dreißig stand Beanstock im Essraum und sah mit staunenden Augen auf den Tisch.

„Ist etwas nicht in Ordnung?", fragte Miss Blossom, die mit einer Platte Rührei hereinkam und sie auf einem Gestell abstellen wollte, unter dem eine Kerze brannte.

„Ich weiß genau, dass ich fünf Gedecke auf den Tisch gestellt habe. Es fehlt eins." Er sah die Hausdame fragend an. Miss Blossom hätte fast die Platte fallen lassen. Ihre Hände begannen zu zittern.

„Was passiert hier? Ich muss sofort nach dem Commodore sehen!" Sie lief aufgeregt davon und über die Treppe hinauf zu den Schlafzimmern. Beanstock hörte ihre Schritte im Flur der ersten Etage.

Er machte sich nun doch mehr Sorgen als am Vortag angesichts der Leiche von Max Harper. Das hätte immer noch ein Unfall sein können, obwohl seine Alarmglocken extrem laut geläutet hatten.

Beanstock folgte der Hausdame, um sich von der Unversehrtheit seiner beiden Schutzbefohlenen Sir Percival und Sir Mortimer zu überzeugen. Der Earl of Southcoffelton war mit seiner Morgentoilette fertig und dabei, sich anzuziehen. Beanstock hatte am Vortag passende Kleidung bereitgelegt. Der Butler war erleichtert. Er half ihm in sein Jackett und informierte über seine Bedenken hinsichtlich des fehlenden Gedecks.

„Sehen wir gleich nach nebenan zu meinem Freund Perci", sagte My Lord und folgte Beanstock auf den Flur.

Dann betraten sie nach dem Klopfen an der Tür den Raum Sir Percivals. Er war dabei, sein Hemd zuzuknöpfen. Beanstock trat dazu und half ihm.

„Was machen Sie denn für ein panisches Gesicht, Beanstock? Man könnte meinen, Sie hätten einen Geist gesehen", sagte der Baronet und grinste. Aber das Lachen verging ihm schnell, nachdem ihn sein Butler über die Umstände informiert hatte, die sich gerade ergeben hatten.

„Ich denke zwar nicht, dass Sie in Gefahr sind, Sir, da Sie nur zufälliger Gast des Hauses sind, aber wir sollten doch Vorsicht walten lassen."

Die drei Herren verließen das Zimmer des Baronets und traten auf den Flur hinaus.

„Klopfen wir doch einfach die anderen Gäste heraus. Mehr als ein abfälliges Brummen oder Lamentieren wird es nicht geben", meinte der Commodore, der in dieser Minute zusammen mit der erleichterten Hausdame aus der offenen Tür seines Zimmers getreten war.

Abigail war wach und kam im seidenen Negligé durch ihre geöffnete Zimmertür. „Ich verstehe diese Aufregung nicht. Meine Güte, was für ein Aufstand." Sie lehnte sich gähnend an den Türrahmen und schloss kurz die Augen.

Miss Blossom klopfte inzwischen zum wiederholten Mal an die Tür des Zimmers von Harriet Jones. Es kam keine Antwort. Sie sah Beanstock ängstlich an. Er nickte ihr aufmunternd zu.

Die Tür war unverschlossen und sie öffnete sie langsam. Harriet lag in ihrem Bett, zugedeckt bis zur Nase, die Augen geschlossen. Miss Blossom atmete auf und drehte sich zu Beanstock um.

„Alles in Ordnung. Sie schläft nur sehr tief", flüsterte sie ihm zu.

Beanstock wagte, einen Blick ins Zimmer zu werfen. „Leider bin ich nicht Ihrer Meinung. Ich sehe keine Atmung. Die Bettdecke bewegt sich um kein noch so kleines Inch."

Miss Blossom begann erneut zu zittern.

Beanstock ging zum Bett und griff zu einer von Miss Jones Händen. Er prüfte, ob er Puls spüren konnte. Nichts. Dann zog er vorsichtig die Bettdecke vom Gesicht der Dame. Ihre Lippen wirkten bläulich und auf den Wangen waren rötliche Flecken zu sehen.

„Nehmen Sie diesen Geruch wahr? Wir sollten das Fenster öffnen." Beanstock lief schnell zu einem der hohen Fenster, öffnete es und atmete kurz die würzige Seeluft ein.

„Blausäure. Es riecht nach Bittermandel."

Miss Blossom schlug ihre rechte Hand vor den Mund und sah den Butler ängstlich an.

„Sie ist tot?"

Beanstock nickte und legte die Bettdecke wieder über das Gesicht von Harriet Jones. Auf dem Nachttisch neben dem Bett stand ein hohes Glas mit einer winzigen Neige Milch darin. Beanstock roch daran und nickte. Blausäure.

„Miss Jones muss sich in der Nacht noch ein Glas Milch aus der Küche geholt haben. Schließen Sie die Tür hinter uns ab, sobald wir den Raum verlassen haben, Miss Blossom. Die Polizei muss den Tatort sicher ausgiebig untersuchen." Beanstock schloss das Fenster wieder und folgte Miss Blossom zurück in den Flur.

Lady Abigail schüttelte den Kopf.

„Ich fasse das nicht!", rief sie aus.

Still gingen alle Anwesenden hinab in den Essraum. Sie setzten sich. Lady Abigail noch im Negligé. Niemand störte sich daran, am wenigsten My

108

Lady. Es gab wichtigere Probleme zu lösen.

„Was soll nun werden? So kann es nicht weitergehen", sagte Miss Blossom, die nicht von der Seite des Commodore wich.

Die Anwesenden sahen sich nervös an.

Appetit hatte niemand. Sie saßen nur am Tisch und jeder hing seinen eigenen Gedanken nach.

Beanstock goss Tee ein. Sir Percival sah ihn dankbar an.

„Was bin ich froh, dass Sie hier sind, mein guter Beanstock", flüsterte er seinem Butler zu.

„Natürlich, Sir, ich bin vor allem froh, dass Sie mich mitgenommen haben."

„Ich denke doch, dass es langsam an der Zeit ist, herauszubekommen, was hier vorgeht. Gibt es eine Verbindung zu Max, war das ein Unfall oder ebenfalls Mord? Wir sollten alle genau nachdenken, was der Grund für die Tode sein könnte", sagte Sir Mortimer.

„Was denken Sie, Beanstock, was können wir tun?", fragte der Baronet.

Der Commodore sah überrascht zu dem Butler und dann zu seinen Gästen reihum. Er verstand nicht, warum Sir Percival seinen Butler um Rat fragte. Lady Abigail konnte sich ein Lachen nicht verkneifen. Was sollte ein Butler schon zu diesem Geheimnis beitragen können?

„Ich stimme Sir Mortimer zu. Aber ich denke nun im Lichte des neuerlichen Mordes, dass Mr Harper keinem Unfall zum Opfer gefallen sein dürfte", sagte Beanstock.

Lady Abigail, immer noch im Morgenmantel,

meldete sich zu Wort.

„Das ist doch Unsinn. Er hat sich umgebracht oder ist ausgerutscht. Dieser Unglücksmensch war doch immer schon so ... seltsam. Und Harriet könnte ebenfalls Suizid begangen haben. Sie war furchtbar außer sich am gestrigen Tag. Irgendwie erscheint es mir sinnlos, auf dieser einsamen Insel Morde zu begehen. Wir haben eine übersichtliche Zahl an Verdächtigen. Ich kann mir irgendwie nicht vorstellen, dass jemand so dumm ist, ausgerechnet hier so etwas zu tun. Das ist doch einfach nur dämlich." Sie stand auf. „Ich brauche dringend einen Drink." Sie verließ das Esszimmer und man hörte die Tür des Salons aufgehen. Dann klirrte Glas und nach einer Minute entfernten sich die Schritte der Dame auf der Treppe nach oben.

Der Commodore verdrehte die Augen.

„Mit dem alten Mädchen ist aber auch überhaupt nichts mehr los. Zum Glück kommen Charly und Finch bald. Dann können wir die Polizei benachrichtigen und ihr könnt die Insel verlassen. So wird sich alles klären."

Beanstock sah besorgt zu Sir Percival und Sir Mortimer. Noch war der Fischer nicht hier. Aber er teilte seine Sorgen lieber nicht mit den anderen Herrschaften.

Nachdem er seine Aufgaben im Haus erfüllt hatte, ging Beanstock zur Remise. Berti hatte ihm erzählt, dass die Tür zum Turm offen war. Er hatte sie gestern, nachdem er erkannt hatte, dass das Funkgerät zerstört war, nicht mehr abgeschlossen.

Der Butler wollte sich das Gerät selbst ansehen.

Vielleicht konnte man doch noch etwas retten. Aber nachdem er den oberen Raum erreicht hatte, wurde ihm klar, dass es nicht so einfach sein würde.

Da hatte jemand ganze Arbeit geleistet. Alle Drähte waren herausgerissen und dann hatte man mit einem Hammer oder etwas Ähnlichem auch noch das Gehäuse beschädigt.

Er sah sich den Schaden sehr genau an, als er plötzlich Schritte auf der Wendeltreppe hörte. Die Metalltreppe war alt und schwankte leicht, anschleichen konnte man sich nicht.

Wer war ihm gefolgt?

Wollte der Mörder den nächsten Mord begehen?

Er sah sich kurz nach einem Schlaginstrument oder etwas, mit dem er sich verteidigen konnte, um. Schließlich nahm er das Fernrohr in die Hand und erhob es, um es im Fall der Fälle zu benutzen.

In der offenen Tür zum Turmzimmer erschien Sir Mortimer. Beanstock stellte das Fernrohr auf den Tisch zurück, gefolgt von dem überraschten Blick des Earl of Southcoffelton.

„Tun Sie mir nichts, Beanstock. Ich wusste nicht, dass Sie hier oben sind."

„Bitte entschuldigen Sie, Sir. Ich wollte nur nach dem Funkgerät schauen. Aber es erscheint mir aussichtslos zu sein, einen Versuch zu unternehmen, das Gerät zu reparieren."

„Lassen Sie mich mal sehen. Ich war in El-Alamein der Group Captain für die Spitfirestaffel. Vorher waren wir auf Malta stationiert. Aber als der Nordafrikafeldzug nicht so funktionierte, wie er sollte, wurde ein Teil der Truppen nach Nordafrika verlegt.

Wir hatten mit so manchen Problemen zu kämpfen. Der Nachschub an Ersatzteilen und Versorgungsgütern lief nicht gut. Deshalb mussten gerade die Funkgeräte ordentlich funktionieren. Ich habe mich damals mit der Materie beschäftigt und eine ganze Menge gelernt."

Sir Mortimer beugte sich über das zerstörte Gerät und brummte leise.

„Da hat sich jemand wirklich viel Mühe gegeben. Die äußeren Drähte sind herausgerissen worden, so weit so gut. Das bekomme ich wieder hin. Die Frage ist, ob im Inneren etwas zerstört wurde. Sehen wir unter dem kaputten Gehäuse nach. Schauen Sie bitte, ob Sie hier einen Schraubendreher finden können."

Beanstock sah im Schubkasten des Tisches nach. Darin waren nur Papiere und Landkarten. Rechts an der Wand stand noch ein alter Schreibtisch und hinter einer der seitlichen Türen fand er Werkzeug.

„Der Schraubendreher ist etwas zu groß, aber ich will es versuchen", sagte Sir Mortimer.

Nach einer Minute konnte er das Gehäuse vorsichtig entfernen. Er sah in das Gerät und rüttelte an verschiedenen Bauteilen.

„Sehr gut. Die Spule scheint intakt zu sein. Die Drähte könnte ich wieder anbringen. Aber eine der Röhren ist durch den Schlag auf das Gehäuse zerstört worden. Das könnte ein Problem sein. Wenn wir keinen Ersatz finden, war es das mit der Reparatur."

Beanstock sah sich erneut in dem alten Schreibtisch um.

„Hier sind keinerlei Ersatzteile, Sir."

„Fragen wir den Commodore. Vielleicht hat er die

empfindlichen Ersatzröhren im Haus gelagert. Nehmen wir das Gerät mit. Dann kann ich im Haus daran arbeiten und dort vielleicht angemesseneres Werkzeug finden."

Beanstock griff sich das Funkgerät und die beiden Herren gingen vorsichtig über die Wendeltreppe zurück ins Haus.

„Darf ich Sie etwas fragen, Eure Lordschaft?"

„Natürlich, Beanstock, raus mit der Sprache."

„Könnte es sein, dass es in der Zeit, als Sie mit den anwesenden Gästen in El-Alamein waren, zu einem Vorkommnis gekommen ist, das der Grund sein könnte für unsere momentanen Probleme?"

Sir Mortimer war einen Moment stehengeblieben und sah zu Beanstock hinab, der auf der Treppe vor ihm ging.

„Was wollen Sie denn damit andeuten? Rächende Geister? Nach dieser langen Zeit? Das kann ich mir wirklich nicht vorstellen. Wir haben alle unseren Dienst so gut wie möglich ..." Er unterbrach seine Rede und eine dicke Falte erschien zwischen seinen Augenbrauen.

„Sir?" Beanstock hatte bemerkt, dass seiner Lordschaft etwas eingefallen war.

„Ach was. Das ist ja nicht möglich. Oder?" Die beiden gingen weiter auf der Wendeltreppe nach unten. Plötzlich blieb Sir Mortimer erneut stehen.

„Ich kann eigentlich nicht sehr viel beitragen, da ich vor diesem Ereignis zusammen mit dem Commodore im Hauptquartier der Alliierten neue Befehle von General Montgomery erhalten habe. Als wir damals zurückkamen, brach ich mit ein paar Soldaten zu einer kurzen Aufklärungsmission auf. Alle unsere Kampfflieger waren zu dieser Zeit im Einsatz und kamen wohlbehalten zurück, bis auf einen. Das war eine schlimme Sache. Der Commodore hatte eine Untersuchung angeordnet, aber aufgrund der ständigen Angriffe kam es nicht mehr dazu. Und dann kam es zur finalen Schlacht."

„Warum eine Untersuchung, Sir?"

„Mit der abgestürzten Spitfire stimmte etwas nicht. Der Master Aircrew Max Harper meldete, dass er empfohlen hatte, diese Maschine nicht zum Einsatz zuzulassen. Sie war nicht in Ordnung. Aber Hamish Murdoch, sein vorgesetzter Commander, setzte sich darüber hinweg, hat alle rausgeschickt und dann kam es zu diesem Unglück. Der junge Pilot überlebte, starb aber kurz darauf in den Armen von ... Harriet Jones ... ich hatte es vergessen. Wieso habe ich das vergessen? Abigail Taylor meldete seinen Tod. Ich hatte damals einen furchtbaren Streit mit Commodore Trevelyan. Man hätte der Sache auf den Grund gehen sollen. Wenn etwas mit den Maschinen nicht stimmte, sollte man das nicht einfach ignorieren. Es hätte auch Sabotage gewesen sein können. Wir waren damals schon eng befreundet, ansonsten hätte er mich degradiert für meine Anmaßung."

Beanstock sah die Erschütterung auf dem Gesicht Sir Mortimers.

„Wo war Sir Percival zu dieser Zeit?"

„Oh, er war nicht auf dem Stützpunkt. Er gehörte ja nicht zur Air Force, sondern zu den Landstreitkräften. Aber er hat die abstürzende Spitfire gesehen, das hat er mir später erzählt. Wie hieß der Pilot nur? Er hat das Air-Force-Cross für Tapferkeit, Heldenmut und Hingabe während der Fliegerei bekommen. Was nützte ihm das dann noch? Er war gefallen und seine Eltern würden ihn niemals wiedersehen. So eine Verschwendung eines jungen Lebens." Sir Mortimer setzte sich auf eine der Treppenstufen. Er legte seinen Kopf in die Hände und schwieg.

„Sir, das war nicht Ihre Schuld, wenn ich das sagen darf. Während eines Krieges sind gut und böse verschoben. Sicher waren viele Entscheidungen nicht korrekt, aber es war der Zeit geschuldet und der Tatsache, dass es ein höheres Ziel gab, das Land und seine Lieben zu schützen." Beanstock konnte nicht mehr sagen, um ihn zu beruhigen. Er wusste aus eigener Erfahrung im Krieg, wie schwierig Entscheidungen waren und wie oft einfach das Schicksal zugeschlagen hatte.

Sir Mortimer erhob sich langsam. Er nickte dem Butler seines Freundes zu.

„Versuchen wir, das Funkgerät zu reparieren."

„Darf ich Sie noch etwas fragen, Sir?" Sie waren in der Remise angekommen und standen neben der alten Gig.

Sir Mortimer nickte ihm zu.

„Ist die Absicht, das Funkgerät zu reparieren, dem geschuldet, dass Sie, so wie ich auch, annehmen, dass Charly eventuell nicht kommen wird?"

Sir Mortimer nickte erneut.

„Das dachte ich mir, Sir."

Der Lunch verlief in einer seltsamen Atmosphäre. Man hätte eine Feder zu Boden sinken hören können.

115

So still war es im Esszimmer des Commodore.

Kaum jemand aß etwas. Miss Blossom beobachtete die Gäste mit wachsender Unruhe, während Pamela neben ihr stand und ihre lackierten Fingernägel interessanter zu finden schien.

Als der Tisch wieder abgedeckt wurde, fast alle Teller noch gefüllt, begann Lady Abigail, mit einer Hand nervös auf der Tischplatte zu trommeln. Beanstock, der gerade mit einem Getränk für My Lady hereinkam, freute sich wieder einmal über die dicke Damasttischdecke auf der Tafel, die Geräusche vorschriftsmäßig schluckte. Er servierte Abigail Taylor einen Martini, bereits der dritte an diesem Morgen, und stellte sich dann zu der Hausdame. Pamela war mit den letzten Tellern in die Küche gegangen.

Miss Blossom warf einen fragenden Blick zu dem Commodore und machte große Augen. Damit wollte sie sicher den Gastgeber anregen, ein Gespräch in Gang zu bringen. Sie nickte mit dem Kopf in Richtung der Gäste und begann, mit den Händen zu wedeln, da ihr Arbeitgeber nicht zu verstehen schien.

Aber endlich holte er tief Luft und nickte ihr zu. Er räusperte sich, sah in die nun sehr kleine Runde seiner Gäste und setzte zu einem Satz an. Aber er kam nicht dazu.

Sir Mortimer und sein Freund Percival erhoben sich in diesem Moment.

„Ich werde an dem Funkgerät arbeiten", sagte der Earl of Southcoffelton. Er verließ zusammen mit seinem Freund den Raum. Beanstock folgte ihnen. Die Herren gingen in Richtung Küche. Im Büro der Hausdame, neben der Küche, hatte sie einen Tisch freigeräumt und Berti hatte alles, was er an Werkzeug finden konnte, dorthin gebracht.

Auf Anraten Beanstocks hatte Miss Blossom das Zimmer verschlossen, bevor man den Lunch serviert hatte. Eine vernünftige Vorsichtsmaßnahme. Beanstock hatte noch keinen Verdacht, wer hier auf dieser Insel so ein perfides Spiel spielte, und hatte zu äußerster Vorsicht geraten. Er griff zu dem Schlüssel, den ihm die Hausdame gegeben hatte, und öffnete das Büro für die beiden Herren.

Sir Mortimer machte sich an die Arbeit.

„Was machen wir mit der zerstörten Röhre? Ohne dieses Teil geht es nicht."

„Ich werde Berti fragen, ob er etwas gefunden hat. Er meinte, sich zu erinnern, dass der Commodore in seinem Arbeitszimmer Ersatzteile für das Funkgerät bereithält. Nach dem Lunch wollte er danach fragen", sagte Beanstock und verließ das Büro der Hausdame auf der Suche nach Berti.

Er nahm seine Taschenuhr aus der Westentasche und blickte auf das Zifferblatt. Dreizehn Uhr. Um sechzehn Uhr sollte Charly mit seinem Fischerboot kommen. Noch drei Stunden. Beanstock hoffte, sich zu irren. Vielleicht kam der Fischer doch zur angegebenen Zeit und seine Sorgen waren umsonst gewesen.

Abigail Taylor kam ihm leicht schwankend mit einem leeren Glas in der Hand in der Eingangshalle entgegen.

„Was muss man in diesem Haus tun, um endlich einen Drink zu bekommen? Hier läuft ja gar nichts richtig. Sie da, Bernthock, mixen Sie mir einen!"

„Beanstock, der Name, My Lady."

117

Die Dame sah den Butler aus glasigen Augen verwundert an. Sie dachte einen kurzen Moment nach.

„Wie auch immer, Branddog, ich bin in meinem Zimmer!" Sie drückte Beanstock das leere Glas in die Hand und schob sich wankend über die Treppe nach oben. Der Butler sah ihr besorgt nach.

„Sie sollten hier im Salon bleiben, My Lady. Wir wissen nicht, was der Mörder als Nächstes vorhat!"

My Lady winkte ab und ging weiter nach oben. Nach einer Weile hörte Beanstock in der ersten Etage eine Tür zuschlagen.

Gonzales wäre jetzt wirklich besser hier, dachte er traurig. *Er hat so eine beruhigende Art, mit der Damenwelt umzugehen. Meist genügt ein Blick von ihm in die Augen der Dame gegenüber und sie schmilzt dahin. Ein beneidenswertes Talent.*

Zunächst sah Beanstock nach Berti. Er fand ihn bei Commodore Trevelyan in dessen Arbeitszimmer.

Sie durchsuchten einen Aktenschrank.

„Ich weiß genau, dass ich die Kiste mit den Ersatzteilen in diesem Schrank deponiert habe. Aber das ist Jahre her", murmelte der Commodore, während Berti ein Schubfach nach dem anderen aufzog. „Vielleicht doch im Keller?" Der Commodore sah sinnend an die Zimmerdecke.

„Warum sollen wir denn überhaupt suchen? Charly ist sicher schon auf dem Weg und bald hier. Dann klären wir doch alles", sagte er und sah Beanstock fragend an.

„Ich habe die Kiste mit den Ersatzteilen!", rief Berti plötzlich. Er hatte sie bereits geöffnet und sah hinein.

„Seien Sie vorsichtig, Berti, die Röhren könnten empfindlich ...", sagte Beanstock. Man hörte etwas leise splittern.

„Berti, du Unglücksmensch. Was hast du getan?" Commodore Trevelyan sah dem jungen Mann über die Schulter. Er griff in die kleine Holzkiste.

„Wir haben Glück. Eine der Röhren ist heil geblieben, weil sie in einer Papphülle lag. Nun muss es nur noch die passende Röhre sein. Mr Beanstock, ich gebe Ihnen am besten die Verantwortung für das gute Stück, obwohl ich immer noch denke, dass wir das Funkgerät nicht brauchen werden." Er sah auf seine Armbanduhr.

Es war nach dreizehn Uhr dreißig.

St. Mary's

Die größte Insel der Scilly-Inseln lag im Schein der Nachmittagssonne. Es war ein angenehm warmer Tag gewesen und das Meer lag vor den Toren der Hauptstadt Hugh Town wie ein glatter Spiegel vor dem Auge des Betrachters.

Abgesehen von der Hauptstadt, die vom Vereinigten Königreich 1949 an die hiesige Bevölkerung verkauft worden war, gehörten die Inseln zum Herzogtum Cornwall. Diese Unabhängigkeit war den Bewohnern der Stadt wichtig. Sie gab ihnen das Gefühl, in einem eigenen kleinen Königreich zu leben. Obwohl sie natürlich immer noch zu Großbritannien gehörten und ihrer Königin treu ergeben waren.

Der alte Fischer schlug mit der Faust auf den Tresen im bekanntesten Pub der Stadt. *The funny Puffin* war bis auf den letzten Platz besetzt. Lautes Lachen folgte dem Schlag des Fischers.

„Das ist dein bestes Seemannsgarn bis jetzt, Charly!", schrie ein bärtiger Mann, der in einiger Entfernung an einem dunklen Holztisch vor seinem Ale saß. Er hatte Tränen in den Augen und rieb sie sich mit seinen schwieligen Händen aus dem Gesicht. Er war wie Charly Fischer. Die Arbeit war nicht leicht

120

und für einen Scherz war man immer zu haben.

In diesem Pub trafen sich vor allem die Fischer der Umgebung. Früh fuhren sie auf das Meer hinaus und am Nachmittag kamen sie mit ihrer Ladung zurück.

An einem besonders großen Tisch saßen ein paar junge Leute, prosteten dem alten Fischer zu und lachten. Das waren Schiffsbauer, die hier in Hugh Town mit der Herstellung der allseits beliebten Gigs beschäftigt waren. In jedem Jahr fanden Bootsrennen statt. Der ganze Ort fand sich dann ein und jubelte seiner Mannschaft zu. Ab und an gab es auch Streit und eine ordentliche Rauferei, aber meist verliefen die Rennen friedlich.

„Und wenn ich euch sage, ich habe sie gesehen. Es war eine *Bean Nighe*, so wahr ich hier stehe. Sie trug ein grünes Kleid und wusch am Strand Wäsche. Sie sah furchtbar aus, langes strähniges Haar in einem Grau, das wie die Sturmfront aussah, die heute Abend aufzieht. Ihre langen mageren Hände wuschen an einem weißen Hemd herum und als sie mich auf meiner *Crazy Mary* kommen sah, riss sie ihren zahnlosen Mund auf und verfluchte mich. Der Tod kommt auf die Scilly-Inseln. Glaubt es mir!", rief Charly laut und mit einem zittrigen Unterton in die Runde.

Einen kurzen Moment verharrten alle mucksmäuschenstill im Raum. Niemand sagte etwas. Der alte Fischer sah mit weit aufgerissenen Augen auf die Anwesenden und hob den Zeigefinger der linken Hand mahnend. Mit der rechten Hand musste er sein Ale festhalten.

Dann begann das Gebrüll. Die Leute konnten vor

121

Lachen kaum Luft bekommen. Man schlug sich auf die Knie, man hieb seinem Nachbarn auf die Schulter und Linda, die süße kleine Bedienung, rieb sich mit ihrer Schürze die Lachtränen aus dem Gesicht. Sie tätschelte Charlys faltige Wange und gab seiner Nase einen Stups.

„Das war Ceris Blake, du alter Narr. Die wohnt genau da, wo du die *Bean Nighe* gesehen haben willst. So wie du die Wäscherin des Todes beschrieben hast, kann nur sie es gewesen sein. Sie ist doch vollkommen verwirrt auf ihre alten Tage. Die hat keinen Zahn mehr im Mund, graues Zottelhaar, trägt zu gern grüne Kleider und redet mit ihrem Spazierstock. Du weißt doch, dass sie ihre Wäsche schon mal gern im Meer wäscht. Darum riecht es nach salzigem Wasser und Fisch, wenn sie einem zu nahe kommt. Hab ihr schon hundertmal und mehr gesagt, dass sie das nicht machen soll. Irgendwann fällt sie rein und verschwindet im Meer. Ich rede noch mal mit ihr. Bringe ihr doch jede Woche Lebensmittel. Für die gute Geschichte bekommst du noch ein Ale."

Charly schüttelte den Kopf.

„Hab keine Zeit mehr. Muss nach Little Penny, bevor der Sturm losgeht, und die Gäste vom Commodore abholen. Ihr werdet noch an meine Worte denken." Charly griff zu seinem Hut und verließ unter dem Lachen der Anwesenden den Pub.

Kopfschüttelnd steckte er sich vor der Tür die Tabakspfeife in den Mund und entzündete ein Streichholz. Er hielt das Holz an den Pfeifenkopf und sog tief den würzigen Rauch des Tabaks ein.

„Werdet es schon sehen. Man sollte diese Wesen

nicht verärgern. Das bringt Unglück. Ich habe gesehen, was ich gesehen habe." Er nickte und machte sich auf den Weg zu seinem Boot.

Die *Crazy Mary* lag dort, wo er sie vertäut hatte. Finch saß an Bord auf einer Kiste und flickte Netze.

„Leinen los, mein Junge. Wir müssen rüber zur Insel Little Penny fahren. Die Landratten einsammeln", rief Charly seinem Matrosen zu.

„Ist nicht nötig, Chef. Sie haben grad gefunkt, dass die Gäste noch etwas länger bleiben wollen. Wir sollen sie in drei Tagen abholen."

Der alte Fischer stutzte.

„In ein paar Tagen? Bist du sicher? Der Commodore hat mich doch gebeten, heute die Post mitzubringen. Hab sie vorhin geholt. Er wartet auf einen wichtigen Brief, meinte er. Das verstehe ich nicht."

Finch zuckte die Schulter und widmete sich wieder den Netzen.

„Was, zum Tintenfisch, ist denn da los?" Es kam ihm doch sehr seltsam vor, dass sich die Pläne des Commodore geändert haben sollten. Er kannte den alten Herrn als überaus auf seinen Zeitplan bedacht und da durfte nichts dazwischenkommen. Das passte gar nicht zu ihm. *Andererseits*, dachte Charly, *es sind seine alten Kameraden. Sie haben sich lange nicht gesehen. Und der Sturm, der aufzieht, ist einer von den großen Dingern. Das habe ich schon seit Tagen in den Knochen.*

„Dann vertäuen wir mal die gute *Crazy Mary* ordentlich." Charly blickte besorgt zum Himmel, wo sich bereits dunkle Wolken auftürmten.

„Ist sicher auch besser, heute nicht mehr aufs

Meer zu fahren. Das sieht nach einer ordentlich starken Brise aus, was sich da am Himmel zusammenbraut. Da werden sie auf der Insel auch ziemlich durchgerüttelt werden."

Finch stand auf, verstaute die geflickten Netze in einer großen Kiste und die beiden begannen, das Boot zu sichern.

Im Hafen von Penzance stand am Abend dieses Tages Gonzales und wartete vergebens auf die Herrschaften. Er ging auf den Hafenmeister zu, der am Kai stand und auf das Meer blickte. Ein Matrose hatte ihm den Mann auf seine Frage, wer Auskunft geben könnte, gezeigt.

„Kommt heute noch eine Fähre von den Scilly-Inseln, Sir? Eigentlich hätte ich jemanden abholen sollen."

Der Hafenmeister sah in seine Liste, die er auf eine Kladde geheftet in der Hand hielt.

„Heute fällt die letzte Fähre aus. Es kommt ein Sturm auf. Wir müssen abwarten, wie er sich entwickelt, aber es sieht so aus, dass wir auch morgen nicht fahren werden. Also eventuell in zwei Tagen erst wieder. Am besten, Sie rufen vorher hier an und erkundigen sich. Das kommt hier öfter vor. Keine Sorge. Die Inseln sind wegen der vielen Klippen und Unterwasserfelsen ein gefährliches Gewässer. Wir hatten hier schon etliche Schiffsunglücke in den letzten Jahrhunderten."

Gonzales versuchte, zu Wort zu kommen.

Aber der nette Hafenmeister war wohl froh, einen Gesprächspartner gefunden zu haben. Schließlich

musste er tagaus tagein allein in seinem Büro aus-
harren. Mr Pike war ein untersetzter Herr mit einem
riesigen grauen Backenbart und einem gewinnenden
Lächeln.

„Siebzehnhundertsieben liefen ganze vier Schiffe
vor den Inseln auf Klippen und sanken." Mr Pike
hakte sich bei Gonzales unter und zog ihn in die
Richtung seines Büros. Dabei sprach er weiter auf
den Chauffeur ein. „Es gab viele Tote zu beklagen.
Eines der größten damaligen Segelschiffe sank neun-
zehnhundertsieben. Es brach auseinander und liegt da
noch irgendwo. Im neunzehnten Jahrhundert wurden
zwar Leuchttürme gebaut, aber es kommt immer
wieder zu Unglücken. Sie werden also warten
müssen, mein Herr."

Gonzales ließ sich, im Büro angekommen, von
dem netten Herrn die Telefonnummer geben,
bedankte sich für die ausschweifenden Informationen
und verließ ihn schnellstens.

Zurück im Hotel in Falmouth, eines im viktoria-
nischen Stil erbauten Hauses, fand Gonzales die
Damen in der gemütlichen Lounge des Hauses vor
dem Kamin sitzend.

Die beiden waren in einem angeregten Gespräch
vertieft und das helle Lachen Lady Fedoras hatte der
Chauffeur bereits gehört, nachdem er das Hotel
betreten hatte. Es war ihm nicht sehr angenehm,
schlechte Nachrichten zu übermitteln.

Die Damen verstummten. Lady Marjorie sah an
dem Chauffeur vorbei und erwartete ihren Gatten.

„Wo sind die beiden denn? War es eine schlimme
Überfahrt? Mein Mortimer war sicher seekrank, er

hat so einen schwachen Magen, der Arme", sagte Lady Marjorie und ihre Freundin lächelte verstehend.

„Nichts dergleichen, My Lady, leider muss ich Ihnen sagen, dass die Herren nicht angekommen sind. Wegen des schlechten Wetters fuhr die Fähre nicht. Auch morgen werden wahrscheinlich keine Schiffe verkehren, da ein gewaltiger Sturm aufzieht. Ich sprach mit dem Hafenmeister, sehr lange und sehr ausgiebig. Mehr Information, als ich gebraucht hätte. Mr Beanstock wäre sicher begeistert gewesen von so vielen Fakten über die Scilly-Inseln. Aber der Señor war nett. Ich kann ihn morgen telefonisch erreichen und nachfragen, wann die nächste Fähre kommen wird."

Lady Fedora sah ihre Freundin mit großen Augen nervös blinzelnd an. Das merkte man auch an dem Trommelwirbel ihrer Finger auf der Tischplatte.

„Das passt nicht zu meinem Percival."

„Na, zu meinem Morti auf jeden Fall auch nicht. Das ist mehr als eigenartig. Er hatte sich wahnsinnig auf die gemeinsame Zeit hier in Falmouth gefreut. Sie hätten sich doch irgendwie gemeldet und uns darüber informiert, wenn sie länger bleiben wollten."

„Wenn ich etwas sagen dürfte." Gonzales meldete sich zu Wort. „Es wird an dem Sturm liegen, der heute aufzieht. Die Inseln sollen wohl ziemlich gefährlich für die Schifffahrt sein und da hat der Gastgeber der Herren vielleicht gedacht, es wäre sicherer, mit der Abreise zu warten. Eventuell übernachten sie auch auf St. Mary's und warten dort besseres Wetter ab." Sehr überzeugt war der Chauffeur von seinen eigenen Worten nicht. Er versuchte, die Damen etwas zu beruhigen. Beanstock hätte ihn sicher dafür gelobt.

„Aber dann hätte zumindest Beanstock eine Möglichkeit gefunden, uns über die veränderten Pläne zu unterrichten. Je mehr ich darüber nachdenke, umso seltsamer erscheint mir diese Sache", sagte Lady Fedora.

Lady Marjorie griff nach der Hand ihrer Freundin und streichelte über ihren Handrücken. „Versuchen wir, uns zu beruhigen, und warten wir bis morgen ab. Mehr können wir im Moment auch nicht tun, nicht wahr, Gonzales?"

Der Chauffeur nickte.

Er war sehr froh, dass Lady Marjorie hier bei Lady Fedora war. Sie war ein sehr rational denkender Mensch.

Man kann diesen Butler nicht allein verreisen lassen, maldito, dachte er und überlegte, welche Optionen ihm offenstanden, wenn die Fähre morgen auch nicht kommen sollte.

Alte Geschichten

Auf der Insel Little Penny stand Beanstock in dem Zimmer von Abigail Taylor und versuchte sie davon abzubringen, das Haus zu verlassen. Er hatte vor ein paar Minuten im Salon einen weiteren Martini gemixt und wollte ihn nun der Dame auf ihrem Zimmer servieren.

Nachdem er an der orangefarbenen Tür geklopft hatte und ein herrisches „Herein" von innen erklungen war, öffnete er die Tür und betrat den Raum.

Er nahm das Cocktailglas von dem silbernen Tablett und stellte es auf den Frisiertisch am Fenster. Lady Abigail stand vor ihrem offenen Schrank und warf ein Kleidungsstück nach dem anderen in Richtung ihres Bettes, auf dem zwei geöffnete Koffer lagen. Sie hatte sich inzwischen umgezogen und trug nun eine weiße Hose, einen hellen Pullover und flache Sportschuhe.

Beanstock sah sich das Durcheinander auf dem Bett einen Moment an und begann dann, die Kleider ordnungsgemäß zu falten und sorgsam in die Koffer zu legen. Seine Butlerehre konnte nicht anders. Regel sieben: Unordnung führt zu weiterer Unordnung. My Lady bemerkte es nicht.

„Orange! Wie ich diese Farbe hasse! Was hat er sich dabei gedacht, mir dieses Zimmer und diesen Croquetball aufzudrängen? Orange! Wie das schon klingt!" Die Dame war in heller Aufregung. „Sehe ich wie eine Orange aus?"

Beanstock war dabei, ein besonders zartes Seidenkleid in den Koffer zu legen, und bedauerte, dass er kein Seidenpapier zur Hand hatte. Nur mit einigen Lagen dieses dünnen Papiers konnten derart feine Kleider in einem Koffer verstaut werden. Noch besser in einem Kleidersack, von denen er auf Parsley Manor natürlich genug zur Verfügung hatte. Diese Gedanken gingen ihm durch den Kopf, als es dunkel um ihn herum wurde. Die Dame hatte nicht auf ihn geachtet und einen Mantel über ihn geworfen. Nachdem er sich befreit und seine Frisur gerichtet hatte, sah er nach Lady Abigail, die plötzlich schluchzend am Boden vor dem Schrank saß.

„Darf ich fragen, My Lady, was Sie gedenken zu tun? Sie können bei diesem Wetter unmöglich allein Ihre Yacht führen." Auf den desolaten Zustand der Lady ging Beanstock natürlich nicht ein. Das ziemte sich nicht für einen Butler seines Kalibers.

„Der Fischer wird nicht kommen und ein Sturm zieht auf. Wahrscheinlich hat er versucht, uns zu erreichen. Aber aufgrund des zerstörten Funkgerätes keine Verbindung bekommen. Bitte beruhigen Sie sich. Ich bin sicher, wir werden eine Lösung des Problems finden. Sir Mortimer gibt sein Bestes, um das Funkgerät zu reparieren."

Lady Abigail stand auf und schwankte zu der Frisierkommode. Sie griff nach dem Glas, verschüttete die Hälfte und trank den Rest in einem Zug aus.

„Ach, Sir Mortimer. Was weiß der denn schon? Der war doch gar nicht dabei. Hat gar keine Ahnung, was ich getan ... Ich verschwinde hier. Wozu habe ich eine eigene Yacht? Ich halte es keinen Moment länger auf dieser Mörderinsel aus. Sie können sich gern anschließen, Braddock, ich kann einen netten Butler auf meinem Anwesen brauchen." Dabei sah sie Beanstock von oben bis unten an, warf ihm einen lasziven Blick zu und strich leicht mit einer Hand über das Revers seines Anzugs. Beanstock schluckte.

Er hätte die Dame zu gerne gefragt, was sie mit der Aussage meinte, was sie getan hatte. Das war es, was sie hatte sagen wollen. Den Satz hatte sie nicht beendet, weil die Erinnerungen wohl zu schmerzlich waren.

Da Harriet Jones nicht mehr unter den Lebenden weilte, konnte Beanstock diese Dame auch nicht befragen, was ihre Vorgesetzte damals in El-Alamein Schlimmes getan hatte. Aber Lady Abigail war nicht mehr Herr oder Dame ihrer Sinne. Man konnte sich mit ihr in diesem Zustand nicht auseinandersetzen.

„Nun kommen Sie schon, Brobeck!", rief My Lady und schwankte zur Tür.

„Beanstock, der Name. Das Wetter verschlechtert sich minütlich, My Lady. Ich muss davon abraten. Zumal sie ebenfalls kein Funkgerät zur Verfügung haben. Wenn Sie in Seenot geraten, können Sie nicht auf Hilfe hoffen. Wir sollten morgen, wenn das Wetter besser ist, einen Versuch wagen und alle zusammen die Insel verlassen. Die Polizei muss benachrichtigt werden."

Lady Abigail warf sich ihren guten Kamelhaarmantel über die Schulter, setzte einen blauen Hut mit einer Feder auf, griff nach ihrer Krokodilledertasche und riss die Zimmertür auf. Sie sah sich nach Beanstock um.

„Koffer! Los! Hopphopp! Bis nach St. Mary's schaffe ich es allemal. Bin ein guter Kapitän. Habe schon Regatten gewonnen. Wollte sogar bei der Henley Royal Regatta dabei sein. Elende Vorschriften. Es dürfen nur Männer ans Ruder. Den Damen wird ein Hut empfohlen, hat man mir nur mitgeteilt und eine Zuschauerkarte geschickt. Was für ein Quatsch. Das denken Sie doch auch, oder Brandibok?"

Beanstock räusperte sich. My Lady wies auf ihre Koffer und sah ihn auffordernd an.

„Na los! Worauf warten Sie? Sind Sie Butler oder nicht?"

Der Butler griff zu den schweren Koffern. Er konnte es kaum alles allein bewältigen, gab aber sein Bestes.

Beanstock sah ein, dass er sie nicht zu überzeugen vermochte. Er hoffte auf die Hilfe des Commodore. Vielleicht konnte der Gastgeber die Dame zur Vernunft bringen.

Oder war sie für die Vorkommnisse der letzten Tage verantwortlich? Ihm war aufgefallen, dass Abigail immer dann allein gewesen war, wenn etwas passiert war. Als man Max gefunden hatte, hatte sie sich kurz vorher mit der Hausdame gestritten und war ins Haus zurückgekehrt.

Als er Miss Blossom danach gefragt hatte, hatte sie gemeint, es hätte sich um das Schuhwerk der

Dame gehandelt. Die Dame hatte zurück zum Haus gehen wollen, da sie mit ihren guten Designerschuhen die Insel nicht durchqueren wollte. Miss Blossom hatte ihr gesagt, sie müsse es selbst entscheiden. Daraufhin war My Lady unangebracht wütend geworden, und hatte mit der Hausdame, die gar nichts getan hatte, geschimpft.

Abigail Taylor hatte sich bereits am ersten Tag beschwert, weil in der Einladung des Commodore ein Zeitplan und Anweisungen zur Bekleidung gestanden hatten.

Beanstock nahm an, dass das der Wahrheit entsprach. Warum sollte die Hausdame ihn anlügen? Er hatte von ihr den besten Eindruck, was ihre Integrität betraf. Aber auch er konnte sich irren.

Als die beiden Gedecke verschwunden waren, war Lady Abigail allein in ihrem Zimmer gewesen. Als Harriet vergiftet worden war, hatte sie angeblich nebenan fest geschlafen. Der Commodore hatte sie gefragt, ob sie etwas gehört hätte in der Nacht. Sie hatte es verneint und gemeint, wenn sie einmal schliefe, könnte kein Kanonendonner sie aufwecken.

Als Berti das Funkgerät zerstört vorgefunden hatte, war sie mit den anderen Gästen zusammen gewesen, aber das hätte sie trotzdem erledigen können, als sie allein zum Haus zurückgegangen war. Danach hatte man nach dem Funkgerät der Yacht gesehen. Würde sie ihr eigenes Funkgerät zerstören? Oder hatte sie ganz einfach noch ein zweites Gerät? Schließlich war sie allein an Bord ihrer Yacht gegangen. Er und Berti hatten auf dem Steg gewartet. Das waren Beanstocks Folgerungen im Moment.

Vielleicht spielte sie ihnen allen die Betrunkene nur vor. Das hatte Beanstock schon einmal erlebt, als sich die angebliche Autorin Minerva Woodhouse am Ende als Betrügerin und Mörderin entpuppt hatte. Damals hatte es sich um einen kostbaren Skarabäus gehandelt.

Aber er hatte keinen Beweis. Also fügte er sich und folgte ihr mit den zwei Koffern. Was hatte die Dame für drei Tage nur eingepackt? Die Koffer waren bleischwer.

In der Empfangshalle setzte er die Koffer ab und suchte den Gastgeber, um ihn von der Absicht der Dame in Kenntnis zu setzen, die Party zu verlassen.

Er fand Commodore Trevelyan im Esszimmer vor dem Kamin. Er sah Berti zu, der ein Feuer machen sollte. Die Temperatur war in der letzten Stunde extrem gesunken. Vorher hatte er mit dem jungen Mann zusammen die Holzläden im Erdgeschoss vor allen Fenstern sorgfältig geschlossen. Der Sturm sollte nicht unterschätzt werden. Er hatte in den Jahren auf der Insel seine Lektion gelernt.

Miss Blossom und Pamela waren derweil damit beschäftigt, den Tisch für den Nachmittagstee zu decken. Es war schon spät, sechzehn Uhr lange vorbei. Aber der Commodore bestand auf seiner Tee-zeremonie. Die Hausdame sah von ihrer Arbeit auf und beobachtete die Szenerie durch die offene Ess-zimmertür. Sie schüttelte den Kopf über die Unver-nunft der Dame.

Der Gastgeber kam in die Halle und versuchte, Lady Abigail von ihrem Vorhaben abzubringen.

„So viel habe ich schon über diese Inseln gelernt,

meine Liebe, wenn ein Sturm aufzieht, ist es besser, im Haus zu bleiben. Es gibt unter der Wasseroberfläche scharfe Felsen. Bitte überleg es dir noch einmal, altes Mädchen."

Aber die Dame war unbelehrbar.

„Ihr könnt mich gerne begleiten."

Niemand war dazu bereit. In einen Sturm hineinzufahren, gefiel keinem der Anwesenden.

Der Commodore bat Beanstock, zusammen mit Berti die Koffer zum Anlegesteg zu bringen.

„Wenn ich St. Mary's erreicht habe, melde ich alles der Polizei. Viel Spaß noch auf deiner Insel, Trevor. Wie der gute Max bereits sagte, es war ein Fehler zu kommen. Das sehe ich ein. Irgendwie fiel mir heute Nacht wieder diese Sache mit dem jungen Piloten ein. Du weißt, wen ich meine? Harriet und ich haben damals etwas versäumt, das mir seit langem auf der Seele liegt. Aber nun ist es zu spät."

Sie winkte zum Abschied und öffnete unbeholfen schwankend die Eingangstür. Eine stürmische Brise erfasste ihr Haar und den Hut. Die Frisur war keine mehr. Ein platinblondes Haarteil löste sich von ihrem Kopf und flog zusammen mit dem blauen Hut an dem überraschten Beanstock vorbei. Es segelte einen Moment in der Luft, bevor es sicher und planmäßig, ohne Verzögerung beim Landeanflug, auf dem runden Tisch in der Halle liegen blieb. Die Anwesenden sahen dem guten Stück nach. My Lady streckte den Rücken durch und ging hocherhobenen Hauptes davon. Die beiden Kofferträger mussten sich beeilen, um mitzukommen.

Beanstock überraschte die plötzliche Standfestigkeit der Dame. Aber sie war es wohl gewöhnt, eine größere Menge Alkohol zu konsumieren, ohne umzu-fallen.

Über den Himmel jagten graue Wolken. Regen peitschte ihnen entgegen und aus dem Gesicht von My Lady verabschiedete sich nun auch noch der letzte Rest des Make-ups. Schwarze Schlieren liefen aus den Wimpern über ihre faltigen Wangen.

Die Yacht kam in Sicht. Sie schlingerte auf dem Wasser wie ein tanzender Ball. Beanstock versuchte erneut, die Dame von ihrem Vorhaben abzubringen.

Vergebens.

Die Koffer wurden von den Männern unter Deck gut gesichert. Beanstock sah sich kurz um, konnte aber in der Kürze der Zeit kein zweites Funkgerät entdecken. Inzwischen hatte My Lady den Kamel-haarmantel gegen eine Wetterjacke getauscht, die an einem Haken gehangen hatte, und machte sich daran, den Motor zu starten.

Beanstock winkte Berti, das Boot zu verlassen. Er verbeugte sich leicht vor Lady Abigail und die beiden Herren stiegen von Bord. Berti hielt sich einen Moment an der Reling fest und beugte sich zu Lady Abigail. Die Wellen tosten um die Yacht herum und es war laut. Er musste fast schreien, um gehört zu werden. Er wies mit seiner linken Hand zur Ausfahrt der Bucht.

„Sehen Sie dort, Lady Abigail, die Raubmöwen, die zwischen den Wellen am Himmel tanzen? Dort ist die sichere Ausfahrt aus unserer Bucht. Halten Sie sich genau in der Mitte, dann dürfte nichts passieren. Gute Fahrt!", rief Berti laut.

Die Dame nickte ihm zu und konzentrierte sich auf ihre Yacht.

Auf dem Steg angekommen, warfen die Herren ihr die Leinen zu und liefen dann schnellstens in Richtung Haus. Der Regen hatte an Intensität zugelegt. Die beiden waren vollkommen durchnässt.

Auf einer kleinen Anhöhe drehte sich Beanstock kurz zu der Yacht um. Er sah die Dame am Steuer stehen. Sie drehte sich noch um und winkte ihnen zu.

Die folgende Explosion warf Berti und Beanstock von den Beinen auf den Rasen. Die Druckwelle war enorm.

Beanstock sprang auf die Füße und sah in Richtung des Steges. Aber nicht nur der Steg war verschwunden, sondern auch die Yacht und mit ihr Abigail, Lady Fitz-Corgy. Auf den Wellen tanzten Bootsteile und ein Rettungsring mit der Aufschrift *Storm Witch* und machten sich auf den Weg zum offenen Meer. Einzelne Kleidungsstücke aus den Koffern folgten dem Ring und gingen dann unter.

Ich hätte das gute Seidenkleid wohl nicht so sorgfältig verpacken müssen, dachte Beanstock und ärgerte sich im selben Augenblick über seine unangebrachten Gedanken. Es war ein Menschleben vergeudet worden. Das war inakzeptabel.

Dann war Beanstocks Verdacht wohl doch nicht angemessen gewesen. Abigail Taylor, ehemals Oberschwester im Sanitätscorps der Royal Air Force, hatte sich von der Welt verabschiedet. Es würde kaum möglich sein, ihre Leiche zu bergen. Noch dazu bei diesem Sturm, der nun von Minute zu Minute zulegte.

Natürlich hatte man im Haus die Explosion bemerkt. Alle kamen heraus und liefen zu den beiden Herren.

Sir Percival, der sich kaum gegen den Wind behaupten konnte, hielt Beanstocks Schulter fest.

„Ist alles in Ordnung? Sie haben doch hoffentlich nichts abbekommen, Beanstock?"

Der Butler verneinte.

„Sie sollten wieder hineingehen, Sir. Es wird zusehends ungemütlicher hier draußen. Wir können nichts mehr für die Dame tun. Sie ist mitsamt der Yacht verschwunden. Das muss eine überaus gewaltige Bombe gewesen sein. Als sie den Schlüssel drehte und den Motor starten wollte, wurde die Bombe gezündet."

„Eine Bombe?", quiekte Pamela. „Ich will hier sofort weg!"

Ihr Vater Geoffrey hielt sie am Arm fest.

„Das kannst du vergessen. Hier kommt so schnell niemand weg." Damit sprach er laut aus, was alle dachten.

Miss Jones, die Köchin, begann zu schluchzen.

„Wieso ist Charly nicht gekommen? Er hätte es doch vor der Sturmfront auf jeden Fall geschafft."

Miss Blossom nahm sie in den Arm und alle gingen zurück zum Haus.

Beanstocks erster Weg führte ihn in das Esszimmer. Es lagen nur noch drei Gedecke auf dem Tisch. Hinter ihm erschien Miss Blossom.

„Es ist also noch nicht zu Ende", flüsterte sie.

Beanstock schüttelte den Kopf.

Sir Mortimer kam ins Esszimmer und zeigte Beanstock das Funkgerät.

„Ich hatte alles an seinem Platz. Jemand hat die neue Röhre wieder zerstört. Wir werden nicht nach Hilfe rufen können. Aber wer soll das gewesen sein? Wir waren doch alle draußen vor dem Haus."

Waren vorhin wirklich alle gleichzeitig zusammen draußen, dachte Beanstock. Er konnte es nun nicht mehr nachprüfen.

Miss Blossom wurde blass und griff in ihre Schürzentasche. Ein Taschentuch kam zum Vorschein, das sie sich an die bebenden Lippen hielt. Viele Nerven waren bei ihr nun auch nicht mehr übrig.

„Was können wir noch tun?", fragte sie.

„Rauchzeichen werden nicht helfen", meinte Sir Mortimer. Aber Beanstock war da gar nicht so sicher.

„Warum eigentlich nicht? Wenn der Sturm nachlässt, könnten wir versuchen, ein großes Feuer auf dem höchsten Punkt der Insel anzuzünden. Sollte man das nicht auf St. Mary's sehen? Bei gutem Wetter ist doch die Insel relativ nah, oder?"

Sir Mortimer nickte.

„Ist einen Versuch wert. Bevor uns die Vorräte ausgehen. Die Gig im Schuppen wird uns nicht tragen. Sie sieht nicht vertrauenswürdig aus. Trotzdem könnten wir uns das Ding morgen etwas genauer ansehen, Beanstock. Was meinen Sie?"

Der Butler nickte zustimmend. Dann ging er auf sein Zimmer, um sich umzuziehen. Sein guter Anzug sah mitgenommen aus.

Nach dem abendlichen Dinner, das in einer Atmosphäre völliger Ratlosigkeit ablief, zogen sich die übrig gebliebenen Gäste mit ihrem Gastgeber in den

Salon zurück.

Beanstock servierte Kaffee. Die Herren hatten sich geeinigt, lieber einen klaren Kopf zu behalten und auf geistige Getränke zu verzichten.

Sir Percival sah seinen Butler fragend an.

„Was meinen Sie zu dieser furchtbaren Geschichte? Haben Sie einen Verdacht? Was können wir tun, um uns zu schützen?"

Beanstock deponierte das Tablett, das er noch in den Händen hielt, auf einem Tisch und stellte sich zu den drei Herren. Die Aufforderung des Commodore, sich zu setzen, ignorierte er geflissentlich. Das schien ihm unangebracht.

„Sehen wir uns die Fakten an. Max Harper ließ am ersten Abend gegenüber Harriet Jones verlauten, dass es ein Fehler gewesen sei, auf die Insel zu kommen. In der Nacht stürzte er oder wurde gestoßen. Zumal an einer Stelle, die es uns nicht erlaubt, den Leichnam zu bergen.

Kurz darauf starb Harriet Jones an einer Vergiftung. Irgendwann hatte sie mit Bausäure versetzte Milch zu sich genommen. Niemand hat bemerkt, dass sie sich in jener Nacht ein Glas geholt hatte. Der Mörder muss im Haus gewesen sein. Hat er ihr die Milch gebracht? Warum?

Lady Abigail drückte sich ähnlich wie Mr Harper aus, bevor sie mit ihrer Yacht davonflog. Wussten Lady Abigail und Mrs Jones, was Max Harper mit seiner Aussage meinte? Lady Abigail sagte, sie hätte etwas versäumt, damals in Nordafrika. Was meinte sie damit?

Jemand zerstörte das Funkgerät und dieser

Mensch hat meiner Meinung nach auch dafür gesorgt, dass unser Freund, der Fischer, uns nicht zum angegebenen Termin abholen kam.

An jedem Tag, der uns eines Gastes beraubte, fehlte ein Gedeck auf dem Esstisch. Dafür musste der Mörder ebenfalls im Haus gewesen sein. Auf jeden Fall müsste er oder sie über einen Schlüssel für das Haus verfügen. So weit die Fakten."

„Aber als das Funkgerät zum zweiten Mal manipuliert wurde, befanden sich alle Anwesenden draußen vor dem Haus. Wer sollte es getan haben?", fragte Sir Mortimer.

„Waren wirklich alle draußen?", fragte Beanstock. Er war sich nicht sicher. In dem Moment, in dem alle aufgeregt herumgelaufen waren und der Knall der Bombe noch widergehallt hatte, wo waren die Anwesenden, Gäste und Personal gewesen?

Er selbst hatte einige Zeit mit den Nachwirkungen zu kämpfen gehabt und krampfhaft versucht, sein normales Gehör wiederzubekommen. Berti war es ähnlich gegangen. Beanstock hatte sogar kurzzeitig das Gefühl gehabt, nicht Herr seiner Sinne zu sein. Die Druckwelle und der laute Ton waren übermächtig gewesen. Dadurch hatte er nicht gesehen, wer draußen und wer drinnen gewesen war. Das war sehr ärgerlich, aber natürlich im Sinne des Mörders.

Das Kaminfeuer im Salon, das Berti vor einer Stunde entfacht hatte, nachdem er im Esszimmer Feuer gemacht hatte, warf flackernde Schatten auf die Gesichter. In einem Moment der Stille fiel ein glühendes Scheit im Kamin herab. Sir Percival schreckte aus seinen Gedanken auf. Angefacht vom Sturm stoben Funken durch den Schornstein. Es war eine unheimliche Situation.

„Die ganze Geschichte erscheint mir doch sehr eigenartig. Es muss einen Grund geben für die Morde. Warum sollte denn jemand die Gäste des Commodore umbringen? Das erscheint mir sehr verwunderlich", sagte Sir Percival.

Beanstock nickte.

„Dieser Meinung schließe ich mich an. Das Motiv fehlt. Außerdem wissen wir nicht, ob Max Harper noch auf dem Felsen liegt oder ob er uns allen etwas vorgespielt hat. Der Commodore sagte mir gegenüber, dass er ein recht guter Kletterer gewesen war. Wir sollten das überprüfen, aber das Wetter erlaubt es im Moment natürlich nicht."

Sir Mortimer sprang aus seinem Sessel auf.

„Das meinen Sie im Ernst, Beanstock? Wir haben alle gesehen, wie er dort unten lag und aus seinem Mund Blut lief. Das kann ich nicht glauben. Ich bin bereit, hinaus und der Sache auf den Grund zu gehen."

„Das lass sein, alter Freund", sagte der Commodore. „Es ist viel zu gefährlich, draußen herumzuturnen. Wir müssen abwarten."

Beanstock nickte zustimmend. Sir Mortimer setzte sich brummend in seinen Sessel und verschränkte trotzig die Arme. „Ich bin mit meiner Truppe durch einen Sandsturm gelaufen. Ich werde wohl dieses winzige Lüftchen aushalten", murmelte er.

„Das lässt du schön bleiben. Deine Gattin macht mir die Hölle heiß, wenn sie davon erfahren sollte!", rief ihm Sir Percival zu und signalisierte Beanstock, fortzufahren.

Der Butler legte weiter seine Überlegungen dar.

„Es muss in der Vergangenheit etwas gegeben haben, das irgendjemanden dazu veranlasste, dieses Schauermärchen aufzuführen. Überlegen Sie, meine Herren. Ich weiß, dass alle hier anwesenden Gäste, außer Sir Percival, in Nordafrika zusammen in derselben Einheit gekämpft haben. Es muss irgendeinen Zusammenhang zu den heutigen Ereignissen geben. Lady Abigail erwähnte einen Vorfall. Ist es nicht so?"

Beanstock verstummte. Er wollte den Herrschaften Zeit geben.

Der Commodore sah Sir Mortimer an. Er schien ihn fragen zu wollen, ob man wirklich sagen sollte, was sie beide vermuteten. Sir Mortimer nickte zustimmend.

„Wir beide denken, dass es mit einem Ereignis vor der finalen Schlacht in El-Alamein zusammenhängen könnte. Abigail dachte wohl ebenso. Trevor, du solltest erzählen, ich war zu dem Zeitpunkt noch außerhalb des Lagers auf einer Überwachungsmission. Als ich damals am Abend zurückkam, war das Unglück bereits geschehen."

Commodore Trevelyan schüttelte bedauernd den Kopf. Er nickte Beanstock zu und seine Augen richteten sich auf die Karaffen auf dem kleinen Salontisch. Der Butler verstand, was der alte Herr brauchte, um sich wieder zurück an diesen schrecklichen Ort zu begeben. Die Geschehnisse ins Gedächtnis zurückzurufen, war nicht so leicht.

Er ging zur Anrichte und goss Whisky aus einer der Karaffen ein. Danach reichte er dem Commodore

142

das Glas und stellte sich zurück auf seinen Platz.

Vor den Fenstern führte der Sturm einen Tanz auf und ließ die Läden klappern und ächzen. Man konnte hören, dass draußen etwas zu Bruch ging und Äste an die Fensterläden prallten.

Ab und zu fauchte eine Windböe durch den Kamin und ließ erneut Funken sprühen.

„Ich kam an diesem Tag zusammen mit Mortimer spät von einer Besprechung bei General Montgomery zurück. Es war Anfang November und die Lage war furchtbar. Wir hatten zwar in einer ersten großen Schlacht im Juli den Vormarsch der Achsenmächte stoppen können, aber damit war die Sache natürlich nicht ausgestanden. Deshalb wurde zur Unterstützung der achten Armee unsere Spitfirestaffel von Malta nach Nordafrika verlegt.

Es war nun November und noch immer brannte die Sonne erbarmungslos auf unsere Truppen herab. Die Moral begann zu bröckeln wie die Sohlen unserer Schuhe auf dem heißen Sand der Wüste. Die verdammten Deutschen hatten doch tatsächlich einen Musikzug an der Front dabei und beschallten unsere Stellungen andauernd mit markiger Marschmusik. Man konnte es bis in unser Lager hören.

Wir gehörten der Royal Air Force an und waren für die Jagdflugzeugstaffeln verantwortlich. Als ich an jenem Abend zurückkam, meldete mir Master Aircrew Max Harper, der für die Wartung zuständig war, dass eine Spitfire nicht hätte starten dürfen. Sie wäre nicht in Ordnung gewesen und er hätte seinem direkten Vorgesetzten, dem Offizier Hamish Murdoch, geraten, diese Maschine am Boden zu lassen. Aber

Hamish hatte nicht auf ihn gehört und hatte am Nachmittag die Spitfirestaffel geschlossen starten lassen. Im Gegenteil. Hamish hätte wohl etwas geäußert in Bezug auf den jungen Piloten, was Max unangebracht gefunden hatte."

Der Commodore griff zu seinem Glas und nahm einen Schluck der goldbraunen Flüssigkeit.

„Am Abend waren alle Maschinen wieder auf dem Platz, bis auf eine. Max meldete mir, dass Sam Kindly noch nicht zurück war. Er sah es als seine Pflicht an, mich darüber zu informieren, dass man seinen Rat nicht befolgt hatte. Er war sehr aufgebracht. War sogar der Meinung Hamish, hätte mit Absicht Sam Kindly dieser Spitfire zugeteilt, obwohl er gewusst hätte, dass es mit dieser Maschine Probleme geben würde. Musste den Mann zur Ordnung rufen, da er hemmungslos vor seinem Vorgesetzten weinte. Passte nicht zur Truppe. Wusste nicht, was in den Jungen gefahren war."

Der Commodore räusperte sich und konnte nicht weitersprechen.

Sir Mortimer und der Gastgeber tauschten einen vielsagenden Blick miteinander. Beanstock hatte den Eindruck, dass die beiden eine Tatsache für sich behalten wollten und eine geheime Absprache getroffen hatten, nicht alles zu berichten. Entweder dachten die Herren, es sei für den Fall unwichtig oder es war schlichtweg zu kompromittierend für die Truppe.

Sir Mortimer erzählte weiter.

„Ich kam gerade von der Aufklärungsmission zurück und konnte von weitem das Feuer sehen, das auf dem Flugplatz brannte. Eine Spitfire war abgestürzt. Der junge Pilot hatte schon vorher Probleme gemeldet. Konnte sich gerade noch bis zum Flugplatz zurückkämpfen und war dann beim Landeanflug abgestürzt. Man konnte ihn schwer verletzt aus dem Wrack herausholen. Nach einer Stunde lebte er nicht mehr. Harriet war in den letzten Minuten bei ihm. Abigail Taylor meldete, als damalige Oberschwester, den Tod des Soldaten. Ich verstand allerdings nicht, warum sie uns erst zwei Stunden später, lange nach dem Tod des jungen Mannes, unterrichtete." Sir Mortimer schloss kurz die Augen. Er war wieder dort an jenem schicksalhaften Abend im November. Fast konnte er das Dröhnen der Motoren hören, die Schreie der Soldaten und das Getöse der Kanonen. Er fuhr fort.

„Mir kam die Aufgabe zu, der armen Mutter zu erklären, dass ihr Sohn nicht mehr zurückkommen würde. Es gab viele Tote zu dieser Zeit. Der Sand und die quälende Hitze taten ihr Übriges, um die Soldaten an den Rand des Verzweifelns zu bringen. Aber ich hatte, als wir London verließen, die Mutter des jungen Piloten persönlich kennengelernt. Das ist irgendwie noch einmal etwas schlimmer, finde ich, wenn man den direkten Bezug zu den Angehörigen hat." Sir Mortimer erhob sich und wollte zum Fenster gehen. Dort bemerkte er, dass es nicht möglich war, hinauszusehen, da die Läden davor waren. Der Sturm heulte um das Haus, als wolle er das Gebäude entwurzeln und mit sich nehmen. Es rappelte und knarrte an allen Ecken.

„Es gab doch so viele Tote in dieser verdammten Sandwüste. Warum sollte dieses Vorkommnis anders gewesen sein und jemanden zu einem oder mehreren Morden motivieren? Das will mir nicht in den Kopf", murmelte Sir Mortimer und setzte sich wieder.

Beanstock überlegte.

„Sir Mortimer, liege ich richtig, wenn ich meine, dass der Soldat Hamish Murdoch vor einiger Zeit ebenfalls gestorben ist? War es nicht angeblich ein Unfall? Ist er nicht auf einer Treppe gestürzt? Sie ließen das verlauten, als Sie Sir Percival davon erzählten", sagte der Butler.

Sir Mortimer drehte sich erschrocken um.

„Sie haben recht. Sie wollen uns doch wohl nicht erzählen, dass auch dieser Fall einen Bezug zu unserer heutigen Situation hat?"

„Ich denke schon, Sir. Wir wissen nun, dass es wahrscheinlich um den Tod des Piloten Sam Kindly geht. Ich bin davon überzeugt. Es muss jemand sein, der dabei gewesen war oder ein Mitglied der Familie Kindly. Was wissen Sie über die Mutter des Mannes?", fragte Beanstock. Inzwischen machten viele Dinge mehr Sinn für ihn.

„Ich weiß, dass die Mutter noch eine Tochter hatte. Der Vater war bereits gestorben. Die kleine Martha, den Namen kenne ich aus den Habseligkeiten des toten Piloten, hatte ihrem Bruder ein selbstgemaltes Bild geschickt und ungelenk mit Martha unterzeichnet. Weitere Angehörige kenne ich nicht. ... So viele Briefe. Ich musste so unglaublich vielen sagen, dass ihre Liebsten für immer fort waren. Manche bekamen noch nicht einmal ein anständiges Grab in heimischer Erde. Ihre Knochen bleichen im heißen Sand der Wüste", flüsterte Sir Mortimer am Ende erschüttert. Sir Percival beugte sich zu seinem Freund hinüber und klopfte beruhigend auf dessen Schulter. Er konnte sich denken, wie sein bester Freund sich fühlte.

„Nehmen wir an, Martha wäre damals zehn Jahre alt gewesen, dann könnte sie nun zwanzig Jahre alt sein", berechnete Beanstock.

„Wie passen Harriet und Abigail in diese Sache hinein? Sie waren einfach nur im Sanitätskorps als Schwestern tätig. Abigail hat mir nie irgendein außergewöhnliches Vorkommnis gemeldet." Der Commodore sah wiederum seinen Kameraden Mortimer fragend an.

„Können Sie sich erklären, warum Max Harper so extrem erschüttert von der tragischen Geschichte des jungen Piloten gewesen war? Hatte er eventuell eine besondere Beziehung zu dem jungen Mann?" Beanstock konnte sich nun langsam ein Bild von den Ereignissen machen. Er war nun sicher, dass Max Harper und der junge Kindly eine Beziehung hatten, die natürlich in der Air Force und allgemein in der Armee nicht gern gesehen wurde. Es war immer noch ein Makel, sich zu einer Liebesbeziehung zwischen zwei Männern zu bekennen. Noch dazu war es in Großbritannien strafbar. Beanstock war sich der Tragweite bewusst.

Der Commodore räusperte sich.

„Was soll denn das bedeuten? Ich weiß nicht, worauf Sie hinauswollen."

„Sir, ist Ihnen der Montagu-Fall bekannt? Der Daily Mirror berichtete. Es ging um zwei junge Herren, die angeklagt wurden, eine verbotene Beziehung eingegangen zu sein. Sie wurden verurteilt. Das führte zu einer gewaltigen Diskussion, um Sinn und Unsinn eines Gesetzes, das die Freiheit der Menschen derart einschränken würde. Ich muss Ihnen sagen, dass ich hoffe, dass die Justiz in den nächsten Jahren einen vernünftigen Konsens findet, um diese jungen Menschen nicht mehr zu diskriminieren. Der Innenminister unseres Landes willigte aufgrund des öffentlichen Drucks ein, ein Komitee einzusetzen, das die Gesetzeslage prüfen und gegebenenfalls Änderungsvorschläge machen soll. Das wird leider eine Weile in Anspruch nehmen. Aber, Sir, Commodore, wir sind auf dieser Insel unter uns." Er sah die drei Herren aufmerksam an.

„Nun habt euch doch nicht so, ihr beiden. Wir sind lange aus der Armee entlassen. Nun sagt schon, was passiert ist. Meine Güte, wir sind doch wohl erwachsene Menschen, oder nicht?", sagte Sir Percival.

„Sie haben recht, Beanstock. Wir hatten uns geeinigt, über diese Beziehung zu schweigen. Wir alle, außer Percival, die hier Gäste bei Commodore Trevelyan waren und sind. Ich habe mir eingeredet, dass ich die Angehörigen schützen wollte, indem ich nichts verlauten lasse. Darum gab es auch keine weitere Untersuchung. Max war furchtbar außer sich deshalb. Darum meinte er vielleicht, dass es falsch gewesen war, zu kommen. Es wird ihn ziemlich mitgenommen haben, nach der langen Zeit wieder an Kindly zu denken", sagte Sir Mortimer. Der Commodore nickte dazu.

„Wie passen Lady Abigail und Harriet Jones in diese Geschichte? Sie waren im Sanitätscorps.

Warum sollte man sich an den beiden Frauen rächen?", fragte Sir Percival.

Der Commodore überwand seine Bedenken und antwortete ihm.

„Eigentlich ganz furchtbar, wenn man darüber nachdenkt. Sam Kindly war ein ausgezeichneter Pilot und für einen Orden vorgeschlagen. Um das Ansehen der Truppe nicht zu gefährden, machten die beiden Krankenschwestern einen fatalen Fehler. Abigail berichtete mir später, dass der Junge wusste, dass er sterben würde. Er flehte die Schwestern an, Max Harper zu rufen, damit er sich von ihm verabschieden und ihm einen besonderen Brief für seine Mutter diktieren konnte. Aber sie taten es nicht und ließen den armen Mann ohne Trost in seiner letzten Stunde sterben. Harriet berichtete mir, dass Abigail ihm eine hohe Dosis Morphium gegeben hatte. Dadurch war es schnell vorbei mit ihm. Wir konnten keine Untersuchung zulassen. Verstehen Sie das, Percival?"

Der Baronet war erschüttert. Er schüttelte traurig den Kopf über so viel Unglück.

„Doch begeht man wegen dieser lang zurückliegenden Geschichte wirklich einen perfiden Mord nach dem anderen?", fragte Sir Mortimer.

Beanstock ging im Raum auf und ab. Eine erschütternde Geschichte, auf jeden Fall tragisch. War dann Sir Percival außer Gefahr? Beanstock war sich nicht sicher.

Die Erkenntnis, wer hinter den Morden steckte, hatte sich noch nicht manifestiert in seinen grauen Zellen, aber er hatte zumindest ein Motiv vorzuweisen.

„Sir, dürfte ich die Angestellten befragen? Vielleicht hat jemand etwas aufgeschnappt. Vor allem die beiden Aushilfsdiener sind von Interesse. Ich habe in den vergangenen Tagen die Beobachtung gemacht, dass die beiden kaum eine ausreichende Ausbildung im Dienstbereich haben können. Leider kann ich das nicht nachprüfen, da wir telefonisch abgeschnitten sind."

Beanstock dachte an *Daisy Chain* und das weitreichende Archiv der Dienstbotenvereinigung. Das wäre nun sehr hilfreich gewesen.

„Sie scheinen mir, im Gegenteil, überhaupt nicht Hausdiener und Hausmädchen zu sein. Pamela ist eher als faul zu beschreiben und Geoffrey, ihr Vater? Ich weiß im Grunde nicht, was er in den letzten Tagen groß zur Führung des Haushaltes beigetragen hätte."

„Natürlich, Beanstock, bringen Sie Licht in die Sache. Percival ist sicher meiner Meinung. Ich habe von ihm von Ihren Erfolgen bei der Mörderjagd gehört. Blossi, ich meine Miss Blossom, ist über jeden Zweifel erhaben und Miss Smith ist auch schon seit Jahren bei mir angestellt. Ängstigen Sie die beiden Damen bitte nicht", antwortete der Commodore.

„Ich werde es beherzigen, Sir. Aber ich würde gern wissen, worüber sich Miss Blossom und Lady Abigail am Tag unserer Suche nach Mr Harper wirklich gestritten haben. Ich möchte den Herren raten, heute Nacht zusammenzubleiben. Das ist nicht sehr komfortabel, aber ich meine, das ist der Situation angemessen." Beanstock neigte den Kopf und ließ die drei mit ihren Gedanken allein im Salon zurück.

Als er durch die Halle ging, hörte es sich an, als würden Berge von Blättern und Zweigen gegen die Eingangstür fliegen. Es knisterte laut. Einer Eingebung nach, oder weil er es auf Parsley Manor so gewohnt war, ging Beanstock zur Eingangstür und kontrollierte, ob sie ordnungsgemäß verschlossen war. Sie war es und er war zufrieden.

Wenn Max Harper wirklich noch dort draußen herumschlich, konnte er sich nur im alten Turm aufhalten. Hier im Haus gab es nach Beanstocks Einschätzung keinerlei geheime Gänge oder Zimmer. Er sollte mit Miss Blossom darüber reden. Gegebenenfalls machte eine Durchsuchung des Hauses Sinn.

Oder waren seine Schlussfolgerungen vielleicht vollkommen falsch? Hatte sich jemand heimlich auf die Insel geschlichen, durch die Höhle, die Berti erwähnt hatte? Machte ein Unbekannter die Insel zu einer Mördergrube? Er musste, wenn der Sturm vorbei sein würde, mit Berti die Höhle überprüfen. Wenn das aufgrund ihrer Lage überhaupt möglich war.

Er fand die Hausdame in ihrem Büro. Ganz entgegen ihrer Angewohnheit, stand die Bürotür weit offen. *Eine nachvollziehbare Vorgehensweise*, dachte Beanstock.

Er informierte sie über die Vereinbarung, die Herren heute Nacht zusammen im Salon unterzubringen. Miss Blossom nickte verstehend.

„Das wollte ich auch schon vorschlagen. Eine gute Sicherheitsmaßnahme."

Dann erklärte Beanstock, dass es Sinn machte, das

Haus zu durchsuchen.

„Wollen wir gleich?"

„Ich möchte vorher nur noch kurz mit den beiden Aushilfsdienern reden. Ich bin in zehn Minuten zurück."

Er war sicher, die beiden im Essraum des Personals zu finden. Geoffrey saß an dem großen Tisch und las in einem Journal.

Beanstock hatte in den vergangenen Tagen mit wachsendem Missfallen feststellen müssen, dass sich die beiden Aushilfskräfte benahmen, als seien sie zur Sommerfrische auf der Insel.

Mit Unbehagen hatte er beobachtet, wie respektlos die Hausdame Miss Blossom von den beiden behandelt wurde. Den Anweisungen der Dame waren sie selten sofort nachgekommen und wenn, dann unzureichend in der Ausführung derselben.

Er, als erfahrener Butler, hätte sich einmischen können, aber er wollte die Hausdame nicht bevormunden. Das entsprach nicht seiner Natur. Er war an diesem Ort eher ein Gastbutler.

Noch dazu hatte er in den letzten Tagen beobachtet, dass Vater und Tochter oftmals das Haus verlassen hatten, um zu rauchen. Er hatte nichts dagegen, aber dafür waren die Pausen da. Auch hatte er eines Abends bemerken müssen, dass jemand auf dem Zimmer rauchte. Er vermutete Pamela.

Wie schnell würde der unangenehme Rauch in die Gästezimmer ziehen und stören? Inakzeptabel. So etwas würde er auf Parsley Manor nicht dulden. Aber mit seinen Leuten auf dem Anwesen der Baronets konnte man diese beiden Dienstbotenexemplare nicht vergleichen.

Beanstock sprach Geoffrey an.

„Arbeiten Sie schon lange als Hausdiener, Mr Matlock?" Er sprach den Mann lieber offizieller an. Eigentlich wäre der Vorname ausreichend. Aber er wollte den Herrn nicht verschrecken.

Geoffrey Matlock sah sein Gegenüber fragend an.

„Warum wollen Sie das wissen? Sind Sie jetzt hier der Boss?"

Beanstock schluckte seinen Kommentar hinunter. Das war kein guter Anfang gewesen.

„Nun, ich arbeite für Sir Percival und bin immer auf der Suche nach fähigem Personal. Wir sind zurzeit unterbesetzt auf Parsley Manor." In Gedanken kreuzte er die Finger. Das war eine dicke Lüge, vor allem der Tatsache geschuldet, dass er diesen Mann wohl auf keinen Fall einstellen würde. Aber er hatte dadurch die Aufmerksamkeit des Dieners.

Geoffrey setzte sich sofort kerzengrade auf seinen Stuhl und bekam sogar ein Lächeln zustande. Beanstock vermutete jedenfalls, dass es ein Lächeln war. Bei dem seltsamen Mienenspiel des Mannes konnte man nicht sicher sein.

„Meine Tochter Pamela und ich sind auf der Suche nach einer festen Anstellung in einem ordentlichen Haushalt. Ich hatte vor langer Zeit einen wunderbaren Arbeitsplatz bei einem Offizier der Royal Air Force, müssen Sie wissen. Leider kam er krank aus dem Krieg zurück und wohnte dann später in einem Heim für Armeeangehörige. Pam hat sich mit Aushilfsjobs durchgeschlagen. Aber sie ist ein gutes Hausmädchen."

Beanstock bezweifelte das.

„Wie war der Name Ihres Arbeitgebers, wenn ich fragen darf? Sicher haben Sie Referenzen von ihm ausgestellt bekommen."

Geoffrey Matlock schien sich zu winden. Er ruckelte auf seinem Stuhl herum.

„Wing Commander Hamish Murdoch. Wie gesagt, er kam krank aus dem Krieg heim und wurde dann in das Royal Hospital Chelsea eingeliefert. In seinem Kopf war nicht mehr alles am richtigen Platz, müssen Sie wissen."

„Hatte Mr Murdoch irgendwelche Besuche nach seiner Rückkehr aus dem Krieg? Vielleicht einen alten Kameraden? Ich will mir nur ein Bild von Ihrem vorherigen Brotherrn machen." Das war sehr weit hergeholt, sogar für Beanstock. Er hoffte, der Mann würde nicht Verdacht schöpfen.

Geoffrey schüttelte den Kopf.

„Welche Agentur hat Sie denn hier auf die Insel gebracht? Ich habe im Moment keine zuverlässige Dienstbotenagentur und wäre für einen Rat dankbar", sagte Beanstock und kreuzte unter dem Tisch die Finger. Gonzales wäre erstaunt, wenn er hören würde, was Beanstock hier zusammenlog.

„Wir sind bei der Agentur Green in London gemeldet. Der Brief kam vor vier Wochen und avisierte uns die Anstellung auf dieser Insel. Man verlangte ausdrücklich meine Tochter und mich. Wahrscheinlich hatte man von unserer Professionalität gehört."

Beanstock bezweifelte das erneut. Professionell waren die beiden nur, wenn es ums Faulenzen ging.

Das konnten sie aber auch besonders gut.

„Sie wurden brieflich von der Anstellung hier auf der Insel benachrichtigt? Hat man mit Ihnen kein Vorgespräch geführt, welche Anforderungen benötigt werden?"

Beanstock war die Vorgehensweise, per Brief Dienstboten ohne Absprache einzustellen, unbekannt. Wenn er jemanden anzuwerben gedachte, mussten sich die infrage kommenden Kandidaten in der Agentur einfinden. Dort wurde dann genaustens überprüft, ob derjenige passte. Erst dann sandte man Kandidaten zu ihm nach Parsley Manor. Aber natürlich hatte er eine sehr gut funktionierende Agentur in London. Man konnte sich auf den Betreiber des Büros verlassen. Schließlich war der Herr bei *Daisy Chain* gemeldet und somit in die Organisation eingeweiht.

„Welche Anweisungen standen denn in dem Brief, Mr Matlock, wenn ich fragen darf?"

Nun war es dem Mann wohl doch aufgegangen, dass der Butler ihn aushorchen wollte. Er setzte seine bekannte essigsaure Miene auf und erhob sich.

„Ich denke nicht, dass ich befugt bin, Ihnen das zu sagen. Ich habe nun zu tun." Geoffrey erhob sich und ging hinaus.

In der Küche kicherte jemand. Miss Smith kam mit einem Teller in den Essraum.

„Sie haben wirklich gedacht, dass der Ihnen was erzählt? Das ist doch ein Stockfisch. Ich habe hier ein paar frische Kekse für Sie, Mr Beanstock. Wie wäre es?"

Beanstock lehnte dankend ab. Er musste diesen Brief sehen. Sein Gefühl sagte ihm, dass eigentlich jemand ganz anderer als die Agentur die beiden hier auf die Insel geschickt hatte.

Gonzales fehlte. Dieser Gedanke kam wie ein Blitz erneut in Beanstocks Kopf.

Er ging zurück in das Büro der Hausdame.

„Miss Blossom, sind Sie bereit? Bevor wir den Herren die Betten im Salon richten, sollten wir die Durchsuchung erledigen. Nur um auszuschließen, dass sich niemand irgendwo versteckt."

„Natürlich. Beginnen wir auf dem Speicher. Ich hoffe, das Licht ist in Ordnung. Ich nehme doch lieber noch eine Taschenlampe mit."

Seine Frage, was wirklich zwischen ihr und Lady Abigail vorgefallen war, stellte er für den Moment zurück. Irgendwie hatte er das Gefühl, dass das unwichtig sein würde. Ein Mensch wie Miss Blossom, die ihrem Brotherrn so loyal und treu ergeben war, traute er keine bösen Absichten zu. Sie würde niemals zulassen, dass dem Commodore etwas geschah. Lieber würde sie sich selbst opfern. Irgendwie hatte er in den vergangenen Tagen den Eindruck gewonnen, dass zwischen ihr und dem Commodore Trevelyan mehr als nur ein Dienstbotenverhältnis bestand.

Die beiden stiegen die Treppe hinauf, gingen durch den langen Flur im Gästezimmertrakt, über die nächste Treppe zu den Zimmern der Dienstboten und am Ende dieses Flurs schließlich eine Holztreppe zum Speicher hinauf, der sich hinter einer einfachen Holztür befand. Die Hausdame öffnete die unverschlossene Tür. Warum sollte man innerhalb des Hauses auch abschließen? Sie drehte einen Schalter und fahles Licht von einer großen runden Deckenlampe beleuchtete die Szenerie.

„Wir können froh sein, dass der Generator für die Stromversorgung fehlerfrei arbeitet. Er befindet sich im Keller. Der Commodore weiß, wie abhängig wir davon sind. Darum bestellt er in jedem Jahr einen Handwerker, der das Monstrum auf Funktionalität überprüft."

„Eine weise Maßnahme", sagte Beanstock. Wie auf einen geheimen Befehl hin begann die Deckenlampe zu flackern. Die Hausdame und der Butler sahen sich mit hochgezogenen Augenbrauen an.

„Haben wir etwas Falsches gesagt? Ich habe eines Tages gehört, wie der Monteur mit dem Generator gesprochen hat. Damals fand ich das eigenartig und habe ihn danach gefragt. Er meinte, eine Maschine ist nicht wie die andere. Die hätten auch Gefühle und er hatte sich zur Gewohnheit gemacht, mit ihnen zu reden. Dann verrieten ihm die Maschinen, wo etwas nicht in Ordnung war. Ein seltsamer Mann. Ich wusste nicht, was ich davon halten sollte. Aber er macht seine Arbeit gut. Wir haben noch niemals Probleme mit der Stromzufuhr gehabt", erklärte die Hausdame.

„Aus meiner Erfahrung heraus kann ich sagen, dass auch unser Gärtner daheim mit seinen Pflanzen spricht. Er erklärte mir gegenüber, dass sie glücklich wären, besser wachsen und gedeihen würden. Er hatte sogar berichtet, dass er beabsichtigte, den Blumen Musik vorzuspielen. Ich konnte ihm da nicht folgen. Aber er macht seine Arbeit ebenfalls sehr gut", sagte Beanstock. Die Hausdame nickte dazu.

Hier oben hörte es sich so an, als wolle der Sturm das gesamte Dach mitnehmen. Es rappelte und knarrte an allen Ecken. Das Tosen des nahen Meeres war laut und furchteinflößend. Direkt unter dem Dach waren natürlich alle Außengeräusche noch lauter.

Der weitläufige Raum war voller alter Dinge, die man zwar nicht mehr brauchen konnte, aber es niemals über das Herz bringen würde, sie fortzuwerfen. Beanstock fühlte sich wie zu Hause.

Schon oft hatte er mit Lady Fedora einen Blick auf den Speicher von Parsley Manor geworfen. Immer wieder einmal überkam My Lady der Wunsch, Ordnung im Haus zu schaffen. Vor allem oben unter dem Dach des Hauses türmten sich so allerlei alte Dinge. Ausrangierte Möbelstücke, Truhen voller unmodern gewordener Kleidungsstücke, Reisesouvenirs und diverse andere Schätzchen. Es endete auf Parsley Manor stets damit, dass sich My Lady in einem ausrangierten Sessel niederließ und alte Fotoalben ansah, die von einer längst vergangenen Zeit zeugten.

Hier in dem Haus des Commodore Trevelyan war es nicht anders. Ausrangierte Möbel, Truhen mit alten Uniformen, die dem Commodore zu klein geworden waren, und Kästen voller Dokumente.

Miss Blossom stöhnte leise. Sie sah sich kopfschüttelnd im Raum um.

„Das muss Sie nicht ärgern, Miss, ich denke, so sieht es in fast jedem Haus in Großbritannien aus. Man kann sich einfach nicht von liebgewonnenen Erinnerungen trennen. Lady Fedora, in deren Haus ich das Privileg genieße, zu dienen, hat es einmal so ausgedrückt: Wenn man sich entschließen sollte, etwas von den liebgewonnenen Erinnerungsstücken fortzuwerfen, hat man das Gefühl, einen Teil seiner Seele zu verlieren", versuchte Beanstock die Hausdame zu beruhigen.

Sie durchstreiften den Speicher bis in die letzte Ecke, konnten aber kein Anzeichen finden, dass sich hier jemand längere Zeit aufgehalten hatte.

Danach waren die Dienstbotenunterkünfte dran.

Geoffrey kam in diesem Moment aus seinem Zimmer, sah Beanstock voller Hohn an und ging dann in Richtung der Treppe nach unten davon.

Gut, dachte der Butler, *wenn er in seinem Zimmer gewesen wäre, hätte ich nicht nach dem Brief sehen können.*

Beanstock nahm die Seite, wo die Herren wohnten, und Miss Blossom sah in den Zimmern des weiblichen Personals nach. Das kam dem Butler entgegen. Er wollte sehen, ob er den Brief finden könnte, von dem Geoffrey Matlock gesprochen hatte. Das Schreiben, das die beiden Aushilfen auf die Insel gebracht hatte.

Bertis Zimmer war bis auf Möbel und Bekleidung leer. Beanstock sah auch in den Schrank. Man konnte nicht wissen, ob sich jemand dort versteckte. Diese Vorgehensweise hatte er auch Miss Blossom angeraten, obwohl sie darüber nicht glücklich gewesen war. Es erschien ihr falsch, dem Personal nachzuspionieren.

In Geoffreys Zimmer stand auf dem Boden ein verbeulter Koffer und auf der Kommode eine kleine Tasche mit Rasierzeug und Hygieneartikeln. Im Schrank befanden sich ein Anzug, eine dicke Jacke und auf dem oberen Bord mehrere frische Hemden.

Beanstock sah im Schubfach des Nachtschrankes nach. Dort fand er nur eine schon arg mitgenommene Bibel. Auf der ersten Seite stand der Name Matlock. Der Herr war also religiös.

Es blieb der Koffer. Beanstock legte ihn auf den Boden und öffnete ihn. In einer der Seitentaschen fand er das Gesuchte.

Kurz sah er sich auf dem Flur nach der Hausdame um. Sie war gerade im Zimmer der Köchin. Er hörte, dass sie dort den Schrank öffnete.

Schnell ging er zurück in den Raum und nahm den Brief aus dem Umschlag. Es war genauso, wie er es vermutet hatte. Ein einfacher Brief von einem Privatmann, der Geoffrey Matlock und seine Tochter nach Little Penny beorderte, um dort als Aushilfen zu arbeiten. Kein Stempel oder Briefkopf einer Agentur. Die Unterschrift war kaum lesbar. Aber es war wohl Bargeld im Umschlag gewesen. Der Schreiber wies auf die Summe hin und verhieß die Aussicht auf mehr. Außerdem erklärte der Schreiber, dass noch genaue Anweisungen zu erwarten seien. Immer vorausgesetzt, sie wären mit der Anstellung einverstanden. Was sie ja auch gewesen waren. Aus der Unterhaltung mit Geoffrey hatte Beanstock sofort gefolgert, dass die beiden keine Wahl hätten, sich besondere Arbeitsstellen auszusuchen.

Mehr stand in dem Brief nicht und die angezeigten Anweisungen waren nicht zu finden. Im Koffer lag kein weiteres Schriftstück. Entweder hatte Geoffrey sie nicht mitgenommen oder es gab im Brief die Anweisung, dieses Schreiben nach dem Lesen zu vernichten. Das ergab den meisten Sinn für den Butler.

Beanstock legte den Brief zurück in den Koffer, schloss ihn und stellte ihn an seinen Platz. Er hörte Miss Blossom auf dem Flur und wollte sie mit seiner Spionageaktion nicht in Verlegenheit bringen.

Sie erschien in der Tür zu Geoffreys Zimmer.

„Was machen wir mit den Zimmern der Gäste? Wir können doch nicht einfach alles durchsuchen", sagte die Hausdame. Sie war sichtlich durcheinander.

„Wir schaffen das, Miss Blossom. Zuerst das Zimmer des Commodore und danach alle anderen."

Es war alles wie immer in den Räumen. Kein Zeichen von irgendjemandem, der sich versteckt hielt. In das Zimmer der toten Harriet Jones ging Beanstock allein. Miss Blossom schloss die Tür auf, aber wollte keinen Schritt über die Schwelle gehen.

Nichts zu finden.

Zum Schluss sah Beanstock zusammen mit der Hausdame in das Zimmer von Max Harper. Im Schrank hingen ein paar Anzüge, frische Hemden auf dem Bord darüber, die Galauniform des Herrn und unten im Schrank mehrere Paar Schuhe.

In der Kommode lag ein Notizbuch.

Ähnlich dem, das Beanstock selbst stets benutzte, um seine Gedanken aufzuschreiben. Das war interessant. Er sah sich zu der Hausdame um, die gerade unter dem Bett nachsah, und steckte, ohne dass sie es sehen konnte, das Buch ein. Vielleicht ergab sich daraus ein Hinweis. Ein gutes Gefühl hatte Beanstock nicht bei dieser Aktion. Aber es war zu Miss Blossoms Schutz. Wenn sie nichts wusste, konnte man sie auch nicht anklagen.

Nachdem das Zimmer wieder verschlossen war, begaben sich die beiden in das Erdgeschoss. Dort war nicht viel zu tun, da alle Räume tagtäglich in Gebrauch waren. Es blieb noch der Keller.

Miss Blossom führte den Butler durch den Flur, der zum Küchentrakt führte. Neben der Küche gab es eine Tür zum Keller. Sie gingen eine kleine Treppe hinab.

Dort lagerten die Wein- und Spirituosenvorräte. In einem Nebenraum lagen Stapel mit Kaminholz und hier stand auch das vorher von Miss Blossom erwähnte Monstrum eines Generators. Es tat seinen Dienst und ratterte. Daneben standen ein paar Kanister.

Viel mehr gab es im Keller nicht zu sehen und Beanstock glaubte auch nicht, dass sich dort unten jemand verstecken würde. Derjenige müsste ansonsten durch die Küche gehen, um seine Morde zu verüben. Das war nicht anzunehmen.

Es blieb die Möglichkeit der Remise und des Turmes. Aber an eine Untersuchung dieser Örtlichkeiten war nicht zu denken. Es war zu gefährlich, im Moment das Haus zu verlassen. Der Sturm hatte noch nicht seinen Höhepunkt überschritten und zerrte lautstark an den Fensterläden.

Miss Blossom und Beanstock stiegen wieder hinauf und setzten sich kurz für eine Tasse Tee an den Tisch im Dienstbotenessraum.

Geoffrey Matlock saß ebenfalls am Tisch und las erneut in seinem Journal, während die Köchin in der Küche mit dem schmutzigen Geschirr vom Dinner hantierte. Pamela sollte ihr behilflich sein, machte

162

dabei aber ein Gesicht, als hätte man ihr befohlen, von einer Klippe zu springen. Beanstock nahm an, dass sie sich absichtlich ungeschickt anstellte, beinahe wäre einer der guten Teller zu Bruch gegangen. Miss Smith schimpfte erneut mit ihr. Die Hausdame sah mit einem furchterregend bösen Blick zu Geoffrey, der sich in keiner Weise stören ließ und weiterhin in seinem Journal blätterte.

Miss Blossom stand auf, ging in die Küche, schickte Pamela mit einer zornigen Geste hinaus und griff selbst zu einem Geschirrtuch.

Beanstock konnte es nicht fassen. Aber nun bekam er die Möglichkeit, mit Pamela Matlock zu reden. Der Augenblick war günstig. Ihr Vater hatte sich soeben erhoben, sein Journal zusammengefaltet und war mit der Zeitschrift unter dem Arm in den Waschraum des Personals gegangen.

Pamela setzte sich mit einem tiefen Seufzer an den Tisch. Selbst die kleine Aufgabe, das Geschirr trocken zu reiben, war also bereits zu viel für sie gewesen. Sie griff in ihre Schürzentasche. Beanstock bemerkte unangebrachte Flecken auf derselben und sogar einen Brandfleck. Sicher war sie unachtsam mit ihren Zigaretten gewesen. Sie zog eine runde, flache Dose aus der Tasche, klappte sie auf und ein Spiegel kam zum Vorschein. Sie besah sich darin, rückte eine Locke zurecht, die ihr nicht gefiel, und griff dann erneut in die Schürzentasche. Ein Lippenstift erschien und nachdem sie die Kappe entfernt hatte, sie ließ sie einfach auf den Esstisch fallen, zog sie ihre Lippen knallrot nach. Beanstock begann zu husten. Das war einfach zu viel für den Butler und seine Ehre.

Er würde bei seiner Rückkehr sofort mit Mr Black in London reden. Diese beiden Dienstboten mussten aus der Verbindung *Daisy Chain* entfernt werden, wenn sie denn überhaupt darin sein würden. Den kleinen Gänseblümchenanstecker, den jeder Dienstbote aus der Verbindung trug, hatte er bei den beiden nicht entdecken können. Aber das musste nichts bedeuten.

Er begann mit seiner Befragung. Bevor der Vater des Mädchens zurückkam, sollte er fertig sein.

Aber nach wenigen Minuten musste er, genau wie bei der Befragung Geoffrey Matlocks, notgedrungen aufgeben.

Er war schon manchmal einem einfachen Charakter in seiner Laufbahn begegnet. Das war in Ordnung, solange dieser Mensch seinen Aufgaben nachkam.

Beanstocks Anforderungen an die Angestellten auf Parsley Manor waren sehr hoch, aber es musste trotzdem darauf geachtet werden, jeden Menschen mit seinen Eigenarten zu akzeptieren. Diese Strategie hatte sich der Butler angewöhnt und vermittelte das auch nach außen hin. Wie langweilig wäre die Welt, wenn jeder Mensch gleich wäre, war seine Devise.

Aber das Gespräch mit Pamela verlief alles andere als akzeptabel.

Zunächst fragte er sie, ob sie schon einmal einem der Gäste des Commodore vorher begegnet war. Sie sah ihn wie ein verlorenes Kälbchen an und schüttelte den Kopf.

Dann fragte er die junge Frau, ob sie immer schon mit ihrem Vater zusammengearbeitet hätte. Sie schüttelte den Kopf. Auf seine nächste Frage, wo sie ohne den Vater angestellt gewesen war, antwortete sie nur mit einem einzigen Wort. „Hotel."

Beanstock gab es auf. Er hatte nun andere Dinge zu erledigen. Diese Frau hatte auf keinen Fall eine Verbindung zu dem gesuchten Mörder. Bei ihrem Vater war er sich dagegen gar nicht so sicher. Vielleicht hatte der Mann Anweisungen erhalten, die er seiner Tochter, da er um ihre einfache Wesensart wusste, nicht mitgeteilt hatte.

Er machte sich auf den Weg in die Zimmer der Herren Percival und Mortimer, um die Dinge zu holen, die für die Nacht benötigt wurden.

Die drei Herren, Sir Mortimer, Sir Percival und der Hausherr sollten im Salon übernachten. Beanstock und Miss Blossom würden die zwei Sofas vor dem Kamin zurechtmachen.

Berti holte noch eine weitere einfache Liege vom Speicher und Miss Blossom stattete sie für den Commodore mit dessen Bettzeug aus. Das war alles sehr aufwendig, aber Beanstock erachtete es für absolut notwendig, die verbliebenen Gäste und den Gastgeber zusammenzuhalten.

Für das Personal sah er im Moment keine Gefahr.

Er hatte die Absicht, die Nacht ebenfalls im Erdgeschoss zu verbringen. Miss Blossom versuchte, ihm das auszureden, aber der Butler war nicht davon abzubringen. Sie brachte ihm Decken und ein weiches Kissen. In der Eingangshalle gab es zwei sehr bequeme Sessel, dachte Beanstock jedenfalls, die er zur Nacht nutzen wollte.

Er war verantwortlich für das Wohlergehen seines Baronets und dessen Freundes Sir Mortimer. Die Gattinnen der Herren verließen sich auf ihn.

Auch die Aussage der Hausdame, dass sie doch das gesamte Haus gründlich durchsucht hätten, konnte ihn nicht überzeugen. Er stellte sich auf eine unruhige, durchwachte Nacht ein. Seine Hoffnung war der neue Tag. Wenn der Sturm sich gelegt haben sollte, würde er im Turm nachsehen, ob sich dort jemand aufhielt. Dann hatte er die Absicht, nach Max Harper zu sehen. Lag seine Leiche noch auf der Klippe? Der Sturm war heftig. Natürlich könnte die Leiche inzwischen von einer Böe ins Meer geschleudert worden sein. Er sollte sich überzeugen. Aber das musste leider warten.

Es war eiskalt in der Halle. Die Temperatur war rapide gefallen und der Sturm machte keine Pause. Im Gegenteil hatte Beanstock den Eindruck, dass er noch aufdrehte. Er konnte sich nicht erinnern, wann er einmal so einen heftigen Sturm erlebt hatte. Er war froh, dass die Herren im Salon die Betten vor dem Kamin hatten. Trotzdem hatte er für sie noch Decken bereitgelegt.

Er erinnerte sich an das Haus der Lady Sherry in Schottland. Dort hatte er damals einen gewaltigen Sturm erlebt, der sogar die einzige Brücke weggerissen hatte, die das Haus mit der Zivilisation verbunden hatte.

Aber gegen das heutige Unwetter war das damals eine leichte Brise gewesen.

Beanstock rückte die beiden Sessel noch etwas näher vor die Tür des Salons, legte eine dicke Decke darüber, um den Stoff zu schonen, deponierte seine Schuhe ordentlich nebeneinander auf dem Fußboden und versuchte sich bequem auf das entstandene Sofa zu legen. Es wollte ihm nicht wirklich gelingen. Schließlich stand er erneut auf und zog sich eine Stehlampe heran. Gut, dass es den Generator gab. Außer dem kurzzeitigen Flackern auf dem Speicher vor ein paar Stunden brannte das Licht in den Räumen ohne Probleme.

Beanstock setzte sich und legte die Beine auf einen der Sessel. Über seine Beine legte er eine weitere Decke. So würde es wohl gehen.

Er fröstelte, obwohl er sein Jackett noch trug. Das würde furchtbare Kniffe im Stoff verursachen, aber er hatte zum Glück einen weiteren Anzug zur Verfügung.

Er hätte die warme Strickjacke, die er von Luci zum Weihnachtsfest bekommen hatte, jetzt gut gebrauchen können. Aber aufgrund der Annahme, dass die Isles of Scilly ein eher warmes Klima aufwiesen, hatte er sie nicht eingepackt.

Zu Hause auf Parsley Manor war es für ihn ein liebgewonnenes Ritual geworden, abends, wenn alle Arbeiten erledigt waren und das Kind in seinem Zimmer sicher schlief, das Jackett des Tages gegen die gemütliche Strickjacke zu tauschen. Dann nahm er eines seiner Bücher zur Hand und konnte sich wunderbar beim Lesen entspannen.

Beanstock dachte an sein Pflegekind Luci.

Er musste lächeln. Der Gedanke an ihre kleine Fälschaktion mit dem Brief an die Schule kam ihm in den Sinn. Was für ein schlaues Mädchen sie doch war. Sie hatte zwar nicht alle Konsequenzen bedacht, aber am Ende war es doch zu ihren Gunsten ausgefallen. Beanstock konnte sie so gut verstehen. Sie war ihm sehr ans Herz gewachsen. Vielleicht war das auch der Grund, dass sich Beanstock in den letzten Jahren durchaus darüber klar geworden war, dass eine Ehe für ihn nicht wirklich infrage kam. Nicht jede Frau würde das Kind akzeptieren. Dann lieber ledig bleiben. Oder es wäre nicht die richtige Frau.

Von Luci schweiften seine Gedanken zu seiner Schwester Emily.

Ihm war damals vor vielen Jahren der Abschied von ihr so überaus schwergefallen. Er erinnerte sich an den Gesichtsausdruck des Mädchens, als er in Middle Chestnut, seinem Heimatort, in den Bus gestiegen war. Emily hatte nicht begreifen wollen, dass sie nun ihren besten Freund verlieren würde. Welche Auswirkungen sich daraus ergeben hatten, hätte Beanstock nicht ahnen können. Er hatte nur die wunderbare Aussicht vor Augen gehabt, im entfernten London auf eine Butlerschule gehen zu dürfen.

Glücklicherweise waren sich die Geschwister nun seit einiger Zeit wieder nähergekommen. Nachdem Beanstock seine Schwester aus einer überaus misslichen Lage hatte retten können und sie von der Aussicht auf eine lange Gefängnisstrafe oder sogar den Strang befreit hatte, hatten sie sich einander endlich wieder angenähert. Beanstock seufzte.

Er dachte an den letzten Brief seiner Schwester. Sie klang so überaus zufrieden. Die Lehre bei dem Fotografen in der benachbarten großen Stadt gefiel ihr sehr gut und das kleine Cottage in Middle Chestnut erstrahlte wieder im alten Glanz. Vor allem erwähnte sie, wie gut sie sich mit dem örtlichen

Constable Blackberry verstehen würde. Das hörte sich an, als ob die beiden mehr als nur Freunde sein würden. Beanstock wäre hocherfreut, auch wenn der Altersunterschied zwischen den beiden sehr groß war. Aber der Constable war ein guter Mensch. Nur das zählte im Leben.

Schon seit Langem hatte sich Beanstock vorgenommen, seinen Heimatort und seine Schwester wieder einmal zu besuchen. Aber die Aufgaben eines Butlers auf Parsley Manor waren vielfältig und arbeitsintensiv. Er sollte sich wirklich einmal die Zeit nehmen. Zumindest überwies er ihr jeden Monat einen kleinen Betrag, damit sie sich voll und ganz auf ihre Fotografenlehre konzentrieren konnte. Ihre Ergebnisse waren vielversprechend. Sie hatte ihrem Bruder einmal eine Auswahl ihrer Fotos geschickt und Beanstock war stolz auf seine kleine Schwester gewesen. Die Fotos waren überaus professionell, ja künstlerisch gewesen. Nun hingen die Fotos in hübschen Rahmen in seinem Zimmer zu Hause auf Parsley Manor.

Doch jetzt gab es andere Dinge zu bedenken.

Beanstock legte sich die Decke enger um seinen Körper und zog das Notizbuch, das er im Zimmer von Max Harper gefunden hatte, aus der Jacketttasche. Er hoffte nun, etwas Licht in einige Vorkommnisse zu bringen. Oder vielleicht sogar einen Hinweis auf den Mörder zu entdecken.

Aus dem Salon waren bis vor einiger Zeit Gespräche zu hören gewesen. Nun waren die Herren verstummt und leises Schnarchen erklang.

Beanstock schlug das kleine schwarze Notizbuch

auf, das ihn so sehr an sein eigenes erinnerte.

Auf den ersten Seiten waren Daten vermerkt, die er nicht einzuordnen vermochte. Er nahm an, dass es sich um Abfahrtszeiten von Zügen handelte und vereinbarte Treffen mit Bekannten oder Freunden.

„Sechzehn Uhr fünfzig ab Paddington, Dinner im Club um siebzehn Uhr, Martha zum Tee ...", murmelte er vor sich hin. Er stoppte. Was war das da eben? Martha zum Tee? War das nicht der Name der Schwester des abgestürzten Piloten? Leider hatte Mr Harper den Nachnamen nicht notiert. Es könnte sich um eine andere Dame handeln. Aber der Zufall wäre schon enorm zu nennen. Das war überaus interessant. Er blätterte weiter.

Telefonnummern folgten, neben den Zahlenfolgen standen Namen. Nichts, was einen Hinweis geben könnte. Der Name eines gewissen Mr Fink tauchte mehrmals auf. Zuletzt kurz vor der Abreise auf die Insel Little Penny. Nun folgten einige Einträge in Erzählform. Mr Harper berichtete von Harriet Jones, die ihm erzählte, dass man viel komfortabler mit der Yacht von Abigail Taylor reisen könne und Lady Abigail hätte nichts dagegen, dass Max sich anschließen wolle.

Max schrieb ein paar Tage später, dass er Abigail noch auf dem Boot zur Rede gestellt hatte. Leider hatte er nicht vermerkt, um welches Ereignis es gegangen war. Er berichtete weiter, dass die Dame ihn fast vom Boot geschubst hätte, so wütend hatte er sie gemacht.

Es war wohl sehr lustig auf der Fahrt zur Insel zugegangen. Beanstock blätterte weiter.

Max beschrieb auf den nächsten Seiten, wie unglücklich er war, dass er die Einladung des Commodore angenommen hatte.

Alle schlimmen Erinnerungen kommen wieder zurück. Warum tue ich mir das an, mit diesen versnobten Leuten zusammen zu sein? Nach all der langen Zeit hätte ich es besser wissen sollen. Du fehlst mir so sehr, lieber Freund. Wie konnte ich ohne dich weiterleben? Heute, genau in dieser Minute, erscheint mir das Leben nur noch sinnlos ohne dich.

Diese furchtbare Abigail Taylor. Sie hat dich ohne meinen Zuspruch sterben lassen und ohne einen Brief an deine Mutter und Schwester zuzulassen. Das hat sie auf dem Boot zugegeben. Mehr nicht.

Hat sie deinen Tod beschleunigt? Das habe nicht nur ich vermutet. Harriet Jones hat mir gegenüber so etwas angedeutet. Die alte Harriet hat aber auch nichts dagegen unternommen. Damals, in dieser verdammten Wüste. Ich spüre noch den Sand zwischen den Zähnen und die Gluthitze auf meiner Haut. Du warst da aus ganz anderem Holz geschnitzt, mein lieber Sam. Für König und Vaterland, hast du mir vorgeschwärmt. Mein Held.

Harriet ist genauso schuldig wie alle, die sich hier versammelt haben. Ich habe immer vermutet, dass sie die Truppe um den Commodore vor Schaden schützen wollten. Und wovor genau? Vor diesem eisernen unmenschlichen Gesetz? Wird es irgendeine Zeit geben, in der man den Menschen erlauben wird, so leben zu dürfen, wie sie es für richtig halten? Es ist eine sinnlose Zeit für mich.

Das war der letzte Eintrag in dem Notizbuch. Das

hörte sich für ihn nicht nach einem rächenden Engel an. Ganz im Gegenteil hatte er den Eindruck, dass Max Harper keinen Sinn mehr in seinem Leben finden konnte. Wie traurig.

Beanstock bemerkte erst in diesem Moment, dass vor der Tür des Hauses ganz plötzlich Ruhe eingetreten war. War der Sturm endlich vorbei oder war das nur eine kurze Atempause?

Er sah auf seine Taschenuhr.

Drei Uhr vierzehn am Morgen des nächsten Tages. Er sollte dringend versuchen zu schlafen.

Er vernahm leises Klappern nebenan im Salon. Als ob eine Tür gegen einen Holzrahmen schlug. Dann rief jemand seinen Namen.

Sir Mortimer.

Beanstock sprang aus dem Sessel auf, fuhr in seine Schuhe, riss die Tür auf und lief, so schnell er konnte, in den Salon. Die Terrassentür schlug leise im Wind. Der Holzladen, der die Tür vor dem Sturm schützen sollte, war entriegelt und nach außen geklappt worden. Der Sturm hatte sich gelegt, ein zartes Lüftchen war zurückgeblieben.

Beanstock sah auf die drei Betten der Herren. Sie waren leer. Er durchquerte den Raum und lief hinaus auf die Terrasse.

Sir Percival und sein Freund Mortimer, noch im Schlafanzug, beugten sich über den Commodore, der auf der Terrasse lag. An seiner Stirn war ein dünner Blutfaden zu sehen.

Neben ihm lag einer der Croquet-Schläger. Auf dem Holz war ebenfalls Blut.

Falmouth, Cornwall

Am nächsten Morgen hatten sich die dunklen Wolken vom Vortag endlich verzogen. Es war ein heftiger Sturm gewesen und die beiden Damen hatten mit sorgenvoller Miene in Richtung Meer geschaut. Wie würde es wohl ihren Ehemännern ergangen sein? Ging es ihnen gut?

Lady Fedora und ihre beste Freundin machten nach der schlaflosen Nacht einen Spaziergang im Park des Hotels. Die beiden Damen gingen wortlos nebeneinander, tief in Gedanken versunken.

In einiger Entfernung folgte Gonzales. Er hatte am Morgen sofort in Penzance beim Hafenmeister angerufen und sich nach der Lage erkundigt. Der Herr hatte ihn auf den Nachmittag vertröstet. Die erste Fähre würde eventuell, wenn nichts dagegensprach, erst um sechzehn Uhr anlegen. Ob sie dann die Gäste der Insel Little Penny an Bord haben würde, stand auch noch in den Sternen. Keine Insel der Isles of Scilly war gestern erreichbar gewesen. Und das waren immerhin rund einhundertvierzig. Bewohnt waren zwar nur die wenigsten, aber sie waren abgeschnitten gewesen.

Keine besonders guten Nachrichten.

Bis zu diesem Zeitpunkt war es eine einfache Verzögerung, die dem schlechten Wetter geschuldet war. Gonzales hatte mit all seinem spanischen Charme versucht, die beiden Damen zu beruhigen.

Er selbst dachte anders. Es konnte nicht sein, dass Beanstock so nachlässig war. Wenn man die Fähre am Vortag nicht erreichen konnte, hätte er versucht, irgendeine Nachricht zu senden. Dieser Fischer, der sie von St. Mary's nach Little Penny gebracht hatte, hätte doch telefonisch eine Nachricht überbringen können. Eventuell gab es auf der kleinen Insel kein Telefon, aber doch sicher auf St. Mary's. Wahrscheinlich besaß man auch eine Funkanlage auf der Insel.

Wie er den Butler kannte, hätte er auf jeden Fall irgendetwas unternommen. Und genau das machte ihn nervös. Entwickelte er etwa auch schon solche Kriminalantennen wie Beanstock?

Lady Fedora drehte sich zu Gonzales um. Sofort machte der Chauffeur ein fröhliches Gesicht und schenkte den Damen sein schönstes Lächeln.

„Sie fahren am besten heute Nachmittag nach Penzance. Ganz gleichgültig, was der Hafenmeister sagt. Wir werden Sie begleiten, nicht wahr, Marjorie?", sagte sie an ihre Freundin gewandt.

„Ich halte es für besser, wenn Sie in Falmouth bleiben, My Lady. Ich werde die Herren wohlbehalten zurückbringen. Das ist ein Versprechen. Warum sehen Sie sich heute Nachmittag nicht die schöne Stadt an? Das Wetter ist angenehm. Ich habe gehört, dass es dort ein paar sehr hübsche Cafés geben soll", sagte Gonzales und lächelte so zuversichtlich, wie es ihm möglich war.

„Von wem Sie diese Information haben, kann ich mir gut vorstellen, Gonzales. Ich habe Sie mit diesem süßen kleinen Stubenmädchen im Park gesehen. Aber ich stimme Ihnen zu, das ist der bessere Weg. Fedora, meine Liebe, ein Besuch in der Stadt wird uns ablenken." Lady Marjorie zwinkerte dem Chauffeur verschwörerisch zu.

„Ach schau nur, ein Distelfink!", rief sie und wies mit ihrer linken Hand auf einen kleinen bunten Kerl, der über ihnen von Ast zu Ast sprang. Ihre Freundin Fedora sah sie mit verschränkten Armen vorwurfsvoll an.

„Schau mal, ein Distelfink? Eine bessere Ablenkung kannst du nicht fabrizieren? Ich muss mich doch sehr wundern." Dann hakte sie sich lächelnd bei ihrer Freundin unter und die beiden gingen weiter durch den Park.

Die beiden Damen verstummten. Lady Fedora machte sich große Sorgen. Sie wollte es ihrer Freundin aber nicht zu schwer machen und sagte nichts weiter. Lady Marjorie dachte sicher genauso wie sie selbst.

Penzance, Harbour

Mr Pike, der kleine Hafenmeister mit dem riesigen Backenbart, wartete bereits an der Anlegestelle der Fähre auf Gonzales. Er lächelte.

„Es sieht gut für Sie aus. Die Fähre ist für sechzehn Uhr angezeigt." Er nahm seine Taschenuhr aus der Westentasche und blickte auf das Zifferblatt. „In einer halben Stunde werden Sie Ihre Leute begrüßen können. Wir sind sehr stolz auf unsere Fähren und ihre Pünktlichkeit. Nur einmal innerhalb meiner zwanzigjährigen Dienstzeit war das Schiff unpünktlich. Und das lag nicht am Kapitän.

Eine Dame war während der Fahrt über Bord gegangen. Stellen Sie sich das einmal vor. So ein Schiff kann nicht einfach bremsen wie ein Auto. Das dauert. Man war meilenweit entfernt, bis die Fähre stoppen konnte. Dann ließ der Kapitän wenden. Zum Glück ist alles an Bord unserer Schiffe bestens organisiert." Wieder versuchte Gonzales zu Wort zu kommen. Er machte den Mund auch auf, musste ihn aber sofort wieder schließen, da der gute Mr Pike noch nicht fertig war.

„Das Rettungsboot wurde zu Wasser gelassen und man machte sich mitsamt einem Rettungsring auf die Suche nach der Dame. Sie werden nicht glauben, was sie letztendlich fanden."

Gonzales schüttelte brav den Kopf.

„Da paddelte doch tatsächlich ein Hund in den Wellen. Die Matrosen im Boot trauten ihren Augen nicht. Zuerst dachten sie, es wäre ein Schaf. Später erklärte die Besitzerin, die auch den Schrei – Lady über Bord – losgelassen hatte, es sei ein Bedlington-Terrier, ein Rassehund, pfiffig, mutig und ausgesprochen ausdauernd. Ansonsten wäre das arme Tier wahrscheinlich auch nach kurzer Zeit untergegangen. Zum Glück war an jenem Tag der Seegang nicht zu hoch. Aber der kleine Kerl hatte sich durchgekämpft. Und ihr Name, der Hund war eine Hündin, lautete Lady. Deshalb war es zu dem Missverständnis gekommen. Auf die Frage des Kapitäns an die Dame, wer denn über Bord gefallen sei, hatte sie wahrheitsgemäß eine Lady gesagt. Ist das nicht eine köstliche Geschichte?" Der Hafenmeister lachte lauthals.

Gonzales wollte etwas dazu sagen. Kam aber erneut nicht dazu.

„Das Tier hatte eine Möwe verfolgt, die sich auf dem Promenadendeck herumgetrieben hatte. Sie können sich nicht vorstellen, wie der Hund, als er wieder an Bord war, herumgesaust ist. Leider war ich nicht dabei, aber der Kapitän hat mir alles haarklein berichtet. Oh, sehen Sie nur, Mr Gonzales! Dort kommt die Fähre." Mr Pike sah erneut auf seine Taschenuhr, grinste breit und steckte sie wieder in seine Westentasche zurück.

Er schlug dem armen Gonzales so stark auf den Rücken, dass der einen Satz nach vorn machen musste.

„Und überpünktlich! Ich bin überwältigt!", rief der stolze Mr Pike und lief mit großen Schritten zum Terminal am Hafen. Gonzales bemühte sich, zu folgen.

Die Fähre legte an und die Matrosen kümmerten sich um das ordnungsgemäße Festmachen der Trossen. Dann wurde eine Gangway für die Passagiere herabgelassen.

Gonzales verrenkte sich fast den Hals, um nach Beanstock und den beiden Herren Ausschau zu halten.

Aber er konnte warten, so viel er wollte, sie waren nicht an Bord. Der letzte Passagier kam die Gangway herab und Gonzales stand mit dem Hafenmeister allein am Kai.

„Das tut mir aber sehr leid. Da müssen die Herren doch noch länger aufgehalten worden sein. Die nächste Fähre kommt morgen früh um zehn Uhr."

Gonzales überlegte nicht lange.

„Fährt heute noch eine Fähre zu den Inseln?", fragte er Mr Pike.

„Nun, natürlich wird diese hier zurückfahren, in ganz genau einer Stunde und dort in St. Mary's bis morgen bleiben. Wie gesagt, genau um zehn Uhr legt sie dann wieder hier an. Warum wollen Sie das wissen?"

„Darf ich in Ihrem Büro telefonieren, Sir? Ich würde dann in einer Stunde die Fähre nehmen. Muss aber meine Herrschaften in Falmouth vorher davon unterrichten, da sie auf mich und die Herren warten."

Der Hafenmeister nickte ihm verstehend zu.

„Na, dann kommen Sie." Er ging voraus.

Im Büro, das sich hoch über dem Hafen in einem schmalen Turm befand, wählte Gonzales die Nummer des Hotels in Falmouth und hinterließ den Damen eine Nachricht. Er war froh, dass sie außer Haus waren, wie der Manager an der Rezeption erklärte, denn ansonsten müsste er sich den aufgeregten Diskussionen der beiden stellen.

Er verabschiedete sich von Mr Pike, bedankte sich herzlich bei dem Mann für seine Hilfe und machte sich auf den Weg zurück zur Fähre.

Im Kartenhäuschen erstand er eine einfache Überfahrt, da er nicht wusste, ob und wann er zurückkommen könnte.

Nach einer Stunde legte die Fähre ab und fuhr in Richtung St. Mary's davon.

Die Überfahrt war alles andere als angenehm. Immer noch türmten sich Wellenberge um das Schiff, das sich seinen Weg durch das aufgewühlte Meer bahnte.

Gonzales hatte einen sehr starken Magen, aber sogar ihm wurde übel. Neben ihm saß ein kleines Mädchen, den Teddy fest im Arm, und beobachtete den Chauffeur. Ihr Blick glitt interessiert über die schöne Uniform mit den glänzenden Knöpfen. Sie machte ihre Begleiterin darauf aufmerksam. Es war eine ältere Dame, der dieser Seegang nichts auszumachen schien. Die beiden Passagiere waren wohl daran gewöhnt und folgten dem Auf und Ab der Wellenberge mit ihrem ganzen Körper, während sich Gonzales krampfhaft an der seitlichen Lehne der Sitzbank festkrallte. Er war nie ein Freund von Karussells gewesen. Hatte sich schon als kleiner Junge davor gefürchtet. Nun ging es zu wie auf einer Schiffs-schaukel.

„Hast du Angst, Mister?", fragte das kleine Mäd-chen. „Das musst du nicht. Wir fahren oft mit dem Schiff und es schaukelt immer ganz schön. Willst du Mister Grumpy eine Weile halten? Er kann dir helfen." Das Mädchen reichte ihm einen braunen Teddybären und Gonzales lächelte dem Kind dankbar zu. Die Begleiterin des Mädchens nickte aufmun-ternd.

„Das ist Carol, meine Enkelin. Ich bin Mrs Evans. Wollen Sie nach Hugh Town? Wir fahren weiter zu der Insel Tresco. Die sollten Sie besuchen. Eine der Schönsten. Blumen und Palmen, wohin das Auge schaut."

„Ich muss die Insel Little Penny erreichen", sagte Gonzales.

„Commodore Trevelyan? Bist du in der Armee? Wegen der Uniform?", fragte Carol und wies mit der Hand auf die blinkenden Knöpfe der Chauffeursuni-form.

„Nein, mein Kind. Eine Armeeuniform sieht anders aus", erklärte ihre Großmutter.

„Ich arbeite als Chauffeur für den Baronet von Parsley Field, Sir Percival. Er ist zurzeit mit einem Freund dort auf Little Penny zu Gast und ich will sie abholen. Ich muss jemanden finden, der mich zur Insel bringt. Können Sie mir da einen Rat geben?"

Mrs Evans dachte einen Moment nach.

„Da benötigen Sie etwas anderes als eine Gig. Am besten, Sie gehen in den örtlichen Pub *The funny Puffin*. Dort finden Sie die Fischer und Bootsbauer der Insel. Aber ich glaube kaum, dass sich heute noch jemand bereit erklären wird, Sie hinüberzubringen. Wir legen gegen neunzehn Uhr an und da fährt niemand mehr hinaus. Wir werden auch bei einer Verwandten in Hugh Town übernachten und morgen weiterreisen. Die Gewässer um die Inseln sind einfach viel zu gefährlich."

Hugh Town zeigte sich von seiner besten Seite. Als die Fähre in der Bucht der Stadt am Pier festgemacht wurde, strahlte die abendliche Sonne vom wolkenlosen Himmel, als hätte es niemals einen Sturm gegeben. Sie stand allerdings bereits tief und der Sonnenuntergang war nicht mehr weit.

Die Stadt erschien Gonzales vertraut. Die typischen Steinhäuser in beigebraun, die Straßen eng und verwinkelt, die Schaufenster der Läden mit ihren halbrund vorgebauten Schaufenstern und den bekannten weißen Sprossenunterteilungen. Seltsam war es nur, dass zwischen den Häusern ab und zu auch Palmen wuchsen. Das überraschte den Chauffeur. Er fühlte sich in seine Heimat Spanien versetzt.

Nachdem er die Fähre verlassen hatte, gab er der kleinen Carol den guten Mr Grumpy zurück und ließ sich den Weg zu dem Pub erklären. Er verabschiedete sich herzlich.

Gonzales ging bergauf, dann wieder bergab und wieder bergauf. So hügelig hatte die Stadt von der Fähre aus gar nicht gewirkt. Die Aussicht von hier oben war atemberaubend schön. Er verstand die Menschen, wenn sie hier nicht mehr wegwollten. Man konnte den Hafen gut überblicken. Die Fähre dümpelte leicht auf den Wellen. Die Arbeiter waren mit dem Ausladen beschäftigt und auf dem Pier saßen Fischer und flickten ihre Netze.

Gonzales ging weiter.

Auf dem Weg kam ihm eine alte, tief gebeugt gehende Frau entgegen. Sie hatte wirr im Wind flatterndes Haar, trug ein langes grünes Wollkleid und brabbelte Worte vor sich hin. Dabei stützte sie sich auf einen Spazierstock, der wohl aus einem Stück knorrigem Holz geschnitzt war. Ab und zu hielt sie inne, sah auf den Stock und rief etwas in dessen Richtung.

Gonzales war die Dame unheimlich. Als er auf ihrer Höhe angekommen war, stoppte sie und sah ihn unvermittelt an. Ihr Blick war durchdringend wie ein spitzes Messer. Sie hatte tiefgrüne Augen und fixierte den Chauffeur. Dann richtete sie Worte an ihren Spazierstock.

„Wirst schon sehen, alter Freund, Wäsche waschen im Meer und der Tod kommt auf die Inseln in der tiefen, wilden Keltischen See." Sie sah von ihrem Stock auf und blickte in Gonzales' Augen. Er fühlte sich unwohl, konnte aber auch keinen Schritt tun. Er fühlte sich wie gebannt von ihren Worten. Sein Nacken kribbelte und es lief ihm eiskalt den Rücken hinunter. Sofort erschienen vor seinem inneren Auge der Baronet und Beanstock.

Er versuchte, sich von dem Bild dieser alten Frau loszureißen. Gonzales nahm seine Mütze ab, nickte ihr zu und ging endlich weiter. Sie lachte schallend.

Nach ein paar Schritten wandte er sich noch einmal um. Da sah er aber nur noch eine leere Straße. Wo war die alte, gebrechlich wirkende Dame so schnell geblieben?

Gonzales schüttelte den Kopf und nahm seinen Weg wieder auf.

Ein Nasenschild an einem der Häuser, das im leichten Wind, der vom Meer kam, hin und herschwang, sagte ihm, dass er den Pub *The funny Puffin* erreicht hatte. Vor dem Pub stand auf einem Steinsockel die Figur eines niedlichen Papageientauchers, dem das Etablissement seinen Namen verdankte.

Gonzales öffnete die Tür und trat ein. Wie in fast jedem Pub des Landes war es schummrig im Raum. Die schwarz glänzende Täfelung an den Wänden und die dunklen Holzmöbel taten ein Übriges. Hell war es vor allem am Tresen mit seinen goldglänzenden Zapfhähnen.

Über den Tischen erhellten eiserne Laternen den Raum notdürftig. Der Pub war gut besucht.

Wie es wohl in den meisten Pubs üblich ist, wenn ein Fremder den Raum betritt, verstummten die Gespräche. Man sah sich nach dem Neuankömmling um und versuchte, ihn einzuordnen. Einheimischer, Zugereister oder Tourist.

Bei Gonzales in seiner schicken Chauffeursuniform fiel das den Leuten im Pub nicht ganz so leicht. Die Gespräche wurden wieder aufgenommen und man begann zu spekulieren.

Der Chauffeur ging zum Tresen und bestellte ein Ale. Er bezahlte und setzte sich auf einen der hohen Barhocker, die neben dem Tresen standen.

Der Wirt, ein etwa fünfzigjähriger Mann mit grauem Haar und einem Vollbart, griff zu einem Tuch und begann Gläser zu polieren. Dabei sah er Gonzales interessiert an.

„Darf ich eine Frage stellen?" Der Chauffeur lächelte dabei.

„Kommt auf die Frage an", meinte der Wirt und grinste breit.

„Ich muss zur Insel Little Penny übersetzen und benötige eine Fahrgelegenheit."

Im Hintergrund kicherte jemand.

„Was wollen Sie denn beim Commodore?", fragte der Wirt. Da konnte ja jeder kommen und zu dem alten Herrn übergesetzt werden wollen. Noch dazu wusste der Wirt noch nicht, wie er diesen Gast in seiner Uniform mit den glänzenden Knöpfen einordnen sollte.

„Ist da Karneval beim Commodore?"

Die Männer in der Nähe, die den Satz gehört hatten, lachten laut. Der Wirt sonnte sich in der Aufmerksamkeit seiner Gäste.

Gonzales lächelte. Hier musste man anders vorgehen. Er nahm seine Geldbörse aus der Hosentasche, sah hinein und war mit der Ausbeute zufrieden. Das sollte für die Fahrt auf die Insel und eine Saalrunde genügen. Lady Fedora hatte ihm zum Glück, bevor er nach Penzance gefahren war, mit zusätzlichem Kapital ausgestattet. So, als hätte sie geahnt, dass er längere Zeit fort sein würde.

Gonzales drehte sich schwungvoll auf dem runden Barhocker herum in Richtung der Gäste.

„Ich bin Chauffeur. Mein Name ist Gonzales und ich denke, eine Saalrunde ist angebracht."

Jubelnder Beifall brandete ihm entgegen.

Der Wirt begann grinsend, Gläser auf dem Tresen

aufzubauen und Ale zu zapfen.

„Und wo ist Ihr Auto, Gonzales? Steht draußen vielleicht ein Dreirad?" Die Worte des Wirts brachten die Gäste erneut zu lautstarkem Brüllen und Beifallsbekundungen. Gonzales lächelte.

„Linda!", rief der Wirt laut in Richtung eines Hinterzimmers. Die Bedienung erschien.

„Was soll der Aufstand, Robert? Ich bin mit dem Essen beschäftigt!", rief Linda ihrem Arbeitgeber zu. Dabei trocknete sie ihre Hände an ihrer Schürze ab.

Dann sah sie Gonzales.

Sofort wurde ihre Stimmung milder. Sie band die Schürze ab, warf sie hinter den Tresen und stellte sich neben den Spanier an den Tresen.

„*Señorita. Encantado de conocerlo.*" Gonzales ließ seinen Charme sprühen und die hübsche Linda schmolz dahin. Man sah es an ihrem verträumten Blick.

„Linda, die Getränke an die Tische!", rief der Wirt ungehalten. Er schüttelte den Kopf. „Frauen."

Gonzales bezahlte und zwinkerte der jungen Frau zu. Beinahe hätte sie das Tablett mit den Gläsern fallen lassen, die sie gerade an die durstigen Trinker verteilen sollte.

Robert zapfte weiter ungerührt das Ale, das der Gast bezahlt hatte.

„Was ist mit meiner Auskunft?", fragte Gonzales.

Der Wirt sah sich im Raum um.

„Charly fährt mindestens zwei Mal die Woche nach Little Penny. Er bringt Lebensmittel und die Post. Vor ein paar Tagen hat er auch Gäste zur Insel rübergeschippert. Aber ich sehe ihn hier nicht. Finch, sein Matrose, ist auch heute noch nicht da gewesen." Robert sah auf die große alte Uhr, die in einem Holzkasten an der Wand hing.

„Sie kommen bestimmt bald. Ist schon spät dran, der alte Charly. Wahrscheinlich muss er sich wieder eine seiner Geschichten ausdenken." Er lachte in seinen Bart. An einigen Tischen stimmten Männer in das Lachen mit ein.

„Sei nicht so gemein. Der ist in Ordnung. Er hat eben viel Fantasie. Das verstehst du natürlich nicht", sagte Linda, die ein Tablett mit leeren Gläsern zurück an den Tresen brachte. Dann wandte sie sich mit einem netten Lächeln an Gonzales.

„Warum willst du zur Insel? Hier ist es doch viel angenehmer. Die da drüben haben keinen Pub", erklärte sie und kam Gonzales ganz nah.

„Ich muss sehen, warum meine Herrschaften und ihr Butler Beanstock nicht zur angegebenen Zeit zurückgekommen sind. Die Gattinnen der Herren machen sich Sorgen, weil sich niemand gemeldet hat."

„Was ist daran ungewöhnlich? Denen gefällt es da so, dass sie noch länger bleiben wollten. Wenn etwas passiert wäre, hätten sie doch Charly angefunkt."

„Sie haben also ein Funkgerät?", fragte Gonzales. Ein Hoffnungsschimmer. Vielleicht konnte er die Insel per Funk erreichen und so die Sachlage klären.

„Natürlich haben alle Inseln, die bewohnt sind, auch Funkgeräte. Wir leben hier nicht hinter dem Mond, junger Mann!", rief einer der Fischer. Alle Anwesenden nickten zur Unterstützung der Worte.

Der Wirt Robert sah erneut zur Uhr.

„Wo bleibt denn Charly heute? Ist ja schon sieben Uhr durch. Wird draußen langsam dunkel."

Die Uhr schlug acht, als endlich die Tür des Pubs aufging und ein alter Fischer erschien, der von allen euphorisch begrüßt wurde. Robert wies mit der Hand zu ihm und zwinkerte Gonzales zu.

„Hast eine Saalrunde verpasst, alter Freund", sagte der Wirt zu dem Neuankömmling. Charly sah unzufrieden aus und brummte unverständliche Worte.

„Ich gebe dem Herrn gern ein Ale aus", sagte Gonzales. Der Fischer sah den Chauffeur von oben bis unten genau an.

„Gehörst du zu den feinen Leuten oder ist irgendwo Karneval? Siehst genauso geschniegelt aus. Kannst Charly sagen. Sagen hier alle", erklärte der Fischer und grinste.

Die Anwesenden stimmten in das brüllende Gelächter des Wirtes ein, der Gonzales auch eher einem Zirkus oder einer Faschingsveranstaltung zugeordnet hatte.

Der Chauffeur nahm es gelassen. Er hatte in vielen Pubs und in vielen dörflichen Gegenden schon derlei Kommentare über sich ergehen lassen müssen. Er fühlte sich nicht beleidigt.

„Es geht um die Gäste des Commodore Trevelyan. Sie sollten schon längst wieder zurück auf dem Festland sein. Ihre Gattinnen machen sich Sorgen und ich wollte nachsehen, was es für Probleme geben könnte. Ich habe gehört, dass man die Insel per Funk erreichen kann. Wäre es möglich, dass Sie mir erlauben, Ihr Funkgerät zu benutzen? Ich bin der Chauffeur des Baronets von Parsley."

Charly nippte an seinem Ale und hievte sich auf den Barhocker neben Gonzales.

„Ich hätte die Gäste gestern abholen sollen. Mein Matrose Finch hat einen Funkspruch angenommen, dass wir erst in drei Tagen kommen sollen. Also habe ich mir erst mal keine Gedanken weiter gemacht."

„Aber dann hätte der Butler der Herrschaften, *Señor* Beanstock, auf jeden Fall Bescheid gegeben, dass wir auf dem Festland benachrichtigt werden sollen. Ich muss Ihnen sagen, das passt nicht zu diesem Butler, ganz und gar nicht." Gonzales wurde langsam nervös.

„Na dann funken wir die Herrschaften mal an, mein Junge. Wenn du noch ein Ale für einen alten Seemann übrig hast, funke ich noch viel besser." Charly lächelte verschmitzt.

„Sehr gerne, *Señor* Charly. Und stellen Sie für uns beide noch zwei Whisky dazu", sagte Gonzales an Robert gewandt. Der Wirt nickte zufrieden. Das war ein Gast nach seinem Geschmack. Wenn sich einmal Touristen in seinen Pub verliefen, bestellten sie sehr oft Limonade oder Tee. Kein lukratives Geschäft.

„Wo ist denn Finch?", fragte Robert, während er die bestellten Getränke auf dem Tresen vor den Männern abstellte.

Charly machte ein verdrießliches Gesicht.

„Frag nicht nach Finch! So eine Enttäuschung."

Linda kam mit einem Tablett leerer Gläser, stellte sie ab und umfasste den alten Fischer.

„Was hat denn der böse Finch angestellt? Oder hast du wieder die alte Ceris Blake am Strand Wäsche waschen sehen und mit ihrem Spazierstock reden hören?"

„Ist das die alte Dame, die ihrem Stock vom Tod auf den Inseln erzählt? Die ist aber sehr gruselig. Ich habe sie getroffen, als ich den Pub gesucht habe. Sie war blitzschnell verschwunden. Es war unheimlich", erzählte Gonzales von seiner Begegnung mit der alten Frau.

„Seht ihr!", rief Charly. „Aber mir glaubt ja niemand. Das ist die *Bean Nighe* in Person!"

Er rückte etwas näher an Gonzales heran und klopfte ihm auf die Schulter. Der junge Spanier war ihm nun sehr sympathisch geworden.

Linda verdrehte die Augen.

„Da hast du was gesagt, Gonzales. Also, was ist mit Finch passiert?", fragte sie.

„Davongelaufen ist er. Hat sich seinen Lohn aus der Kasse genommen, zum Glück nicht mehr, und ist mit seinem Seesack auf und davon. Ich würde sagen, er ist mit der ersten Fähre heute nach Penzance gefahren. Nun stehe ich ohne Helfer da. Hat mir nichts gesagt vorher. Ich verstehe das nicht. War kein schlechter Matrose. Ich habe ihn mir zurechtgebogen."

„Du hast recht, das ist seltsam", sagte Robert.

Bei Gonzales gingen sofort die Alarmglocken wieder an. Er hatte wirklich schon die gleichen Kriminalantennen wie Beanstock entwickelt.

„Er hatte auf St. Mary's keine Verwandten oder Freunde. Vielleicht wurde es ihm zu einsam", sagte Linda.

Charly nickte dazu.

„Aber Briefe hat er immer zweimal die Woche

bekommen. Du hast sicher recht, Linda. Er ist zurück in seine Heimat gefahren. Sehr schade. Und dann ohne ein Wort. Enttäuschend."

Dann schlug er mit der flachen Hand auf den Tresen und stand auf.

„Na dann mal los, Junge. Komm mit auf die *Crazy Mary*. Wollen mal sehen, ob wir jemanden erreichen."

„*Crazy Mary* heißt Ihr Schiff", sagte Gonzales mit heiserer Stimme. Ihm wurde nicht viel besser zumute. Er dachte an eine mögliche Überfahrt und an das Schlingern der Fähre bei seiner Anreise. Wenn ein Schiff diesen Namen hatte, konnte es lustig werden.

„Kein Schiff, mein Junge, das ist ein Boot. Feiner Unterschied", erklärte Charly.

Die beiden gingen zum Hafen. Als sie das Boot erreichten, war es dunkel.

„Heute fahre ich aber nicht mehr rüber. Ist mir zu gefährlich nach dem Sturm. Der war vielleicht heftig", sagte Charly. „Spring an Bord!"

Im Ruderhaus des Bootes drückte Charly mehrere Knöpfe an dem Funkgerät, griff dann zu dem Mikrofon, das an der Seite des Gerätes befestigt war, und hielt es vor seinen Mund. Er drückte einen Knopf an der Seite.

Man hörte statisches Rauschen.

„Sierra-Tango-Mike ruft Lima-Papa!" Das wiederholte der Seemann mehrere Male. Er sah auf seine Taschenuhr.

Gonzales wunderte sich nicht zum ersten Mal, dass der Buchstabe P ausgerechnet mit Papa im Armeealphabet bezeichnet wurde.

„Hm", brummte Charly.

Gonzales gefiel dieses Hm gar nicht.

„Sierra-Tango-Mike ... Lima-Papa, bitte melden!"

Nichts. Nur statisches Rauschen.

„Vielleicht ist in diesem Moment grad niemand in der Nähe, der es hören könnte", vermutete Gonzales und klammerte sich an diesen Strohhalm.

Der Fischer schüttelte den Kopf.

„Es ist jetzt genau dreißig Minuten nach acht. Ich habe mit Berti, das ist der Mann für alles Mögliche auf der Insel, verabredet, dass er immer zwischen acht Uhr dreißig und neun Uhr am Gerät ist. So kann man eventuelle Bestellungen noch ändern oder eine andere Zeit ausmachen. Wir warten noch etwas ab. Er kann sich ja auch verspäten, weil viel zu tun ist. Es sind fünf Gäste gekommen. Das bedeutet viel Arbeit für die Hausangestellten."

Nach fünfzehn Minuten versuchte es der Fischer noch einmal. Nichts. Nur Rauschen.

Als er es dann eine weitere viertel Stunde später nochmals versuchte und sich nichts tat, wurde auch Charly langsam nervös.

„Das passt nicht zu Berti und zu dem Commodore sowieso nicht. Ich kann mir nur noch eine mögliche Ursache vorstellen, dass durch den Sturm das Gerät irgendwie Schaden genommen hat und sie nicht funken können. Ich soll erst übermorgen zur Insel kommen, aber aufgrund dieser Sache sollten wir morgen in aller Frühe rüberschippern und sehen, was die Landratten angestellt haben. Was meinst du, mein Junge?"

Gonzales nickte.

„Kannst hier in der oberen Koje von Finch schlafen. Er braucht sie ja nicht mehr."

Der Chauffeur bemerkte, dass ihn das Verschwinden von Finch irgendwie sehr mitgenommen hatte.

„Waren Sie gut mit ihm befreundet?", fragte er den alten Seemann.

„War ein guter Junge. Er hat alles sehr schnell gelernt. Schlau war er auch. Hat in seiner Freizeit viel gelesen. Ich habe ihn sehr gemocht. Dass er ohne ein Wort verschwindet, hätte ich nicht von ihm erwartet. Aber man kann sich in Menschen täuschen. Das musste ich schon ein paar Mal schmerzlich erfahren. Gehen wir schlafen. Wir fahren am besten im Morgengrauen los. Ich wohne eigentlich in einer kleinen Kate in der Nähe des Hafens. Aber manchmal bleibe ich auch gerne über Nacht an Bord."

Gonzales zog seine gute Chauffeurjacke aus und hängte sie sorgfältig über einen Stuhl.

Charly beobachtete ihn schmunzelnd.

Dann legte sich der Fischer in die untere Koje und drehte sich zur Schiffswand. Keine zwei Minuten später hörte Gonzales den Mann schnarchen.

Er würde kein Auge zumachen. Da war er sich sicher. Aber der Tag hatte ihm viel abverlangt und dann noch die Sorge um seine Leute.

Gonzales fiel in einen unruhigen Schlaf, der vollgestopft war mit schrecklichen Alpträumen.

Ein Croquet-Schläger und ein Dickkopf

Commodore Trevelyan lag auf dem harten Steinboden der Terrasse. Sir Mortimer und Sir Percival beugten sich über ihn. Beanstock lief schnellstens zu ihnen und kniete sich neben den liegenden Mann. Als er nach dem Puls an seinem Hals fühlte, bemerkte er ein schwaches Pulsieren. Der Commodore lebte.

„Wir bringen ihn am besten hinein", sagte Beanstock und griff nach den Beinen des alten Soldaten. „Ich vermute eine Gehirnerschütterung. Wir müssen sehr vorsichtig vorgehen."

Die beiden anderen Herren hoben mit ihm zusammen den schweren Mann empor und trugen ihn in das Zimmer zurück. Dort legten sie ihn vorsichtig auf das provisorische Bett vor dem Kamin.

„Ich werde Wasser aus der Küche holen", sagte Beanstock und lief durch die Halle in den Küchentrakt. Er fand eine Schüssel, füllte sie mit kaltem Wasser, griff zu einem sauberen Tuch aus einer Schublade und lief zurück in den Salon. Das Ganze nahm nicht einmal zwei Minuten in Anspruch.

Er benetzte das Tuch mit Wasser und legte es auf die heiße Stirn des Commodore. Das wiederholte er mehrmals. Sir Percival klopfte seinem Freund Mortimer beruhigend auf die Schulter.

„Er lebt, nichts anderes zählt. Das wird schon wieder. Was meinen Sie Beanstock?"

„Es wäre von Vorteil, Miss Blossom zu wecken. Wenn ich die Herren bitten dürfte, mit den kalten Umschlägen weiterzumachen, würde ich die Hausdame schnell holen."

Sir Mortimer nahm ihm das Tuch aus der Hand und nickte ihm zu.

Beanstock wollte die Halle durchqueren und kam an seinem provisorischen Bett vorbei. Er stutzte kurz. Das Notizbuch von Max war verschwunden. Auch wenn dieses Beweismittel fort war, wusste er nun etwas mehr über die Angelegenheit.

Er lief in die Dienstbotenetage und klopfte an der orangefarbenen Tür der Hausdame. Die Tür wurde fast sofort geöffnet. Miss Blossom erschien mit blassem, übernächtigtem Gesicht. Sie war vollständig bekleidet. Das sagte dem Butler, dass die Dame genauso wenig geschlafen hatte wie er selbst.

„Was ist passiert?", rief sie panisch aus.

„Es ist der Commodore. Sie sollten kommen. Wir benötigen dringend Ihre Hilfe. Er lebt, aber ist bewusstlos gewesen, als ich den Salon verließ."

Die Hausdame kam aus dem Zimmer und schloss die Tür hinter sich. Dann gingen die beiden schnell zurück in das Erdgeschoss.

„Wie?", fragte Miss Blossom unterwegs.

„Der Commodore hatte den Salon verlassen. Vielleicht hatte er gehört, dass der Sturm nachlässt, und wollte nachsehen, ob es im Außenbereich Schäden gegeben hatte. Man hat ihn mit einem Croquetschläger niedergeschlagen und am Kopf erwischt. Das Werk des Mörders konnte nicht beendet werden, da die beiden anderen wach geworden waren und ihm zu Hilfe eilten. Es war also eine gute Vorsichtsmaßnahme, dass die drei Herren zusammen übernachtet haben."

Sie kamen im Salon an und konnten mit Freude sehen, dass der Commodore zu sich gekommen war. Er lag blass auf dem Behelfsbett und starrte die Gruppe an, die ihn umrundet hatte.

„Was ist denn passiert? Ich habe draußen nach dem Rechten sehen wollen und plötzlich lag ich am Boden. Ich kann mich gar nicht erinnern, gestolpert zu sein." Er griff sich an seinen schmerzenden Kopf, brummte und versuchte aufzustehen. Das Tuch fiel vom Kopf auf den Boden. Die Hausdame erhob drohend den Finger gegen ihn. Er ließ sich zurück auf das Bett fallen.

Miss Blossom griff zu dem Tuch und legte es ihm auf die Stirn. Der Commodore wollte es wegschieben, aber die Hausdame klopfte ihm auf die Finger. Sir Percival und Sir Mortimer sahen sich vielsagend an. Beanstock räusperte sich.

„Du bleibst hier liegen, bis ich sage, dass du aufstehen darfst. Mr Beanstock, ich gehe zu unserem Medizinschrank, hole Schmerztabletten und Verbandszeug für die Wunde. Ich vermute, dass Ihre Diagnose stimmt, es ist eine Gehirnerschütterung. Ein Arzt sollte sich das baldigst ansehen. Aber das kann noch dauern. Deshalb muss er auf jeden Fall ruhig liegen bleiben. Die Herren müssen ein Auge auf ihn haben."

Die drei Männer, die um den Commodore herumstanden, nickten brav.

„Da hat dich dein Dickkopf gerettet", sagte Miss Blossom und verließ den Salon, um Schmerztabletten und Verbandszeug zu besorgen.

Beanstock hatte das Tuch von Miss Blossom übernommen und legte es dem Commodore zurück auf die fiebrige Stirn.

„Haben Sie den Angreifer nicht sehen können, Sir? Er hat Sie mit einem Croquetschläger zu Boden geschlagen", sagte der Butler.

„Hab niemanden gesehen. Mit einem Croquetschläger? Wie unangenehm und wie boshaft. Ist dem guten Schläger etwas passiert? Die sind nicht gerade preiswert. Was für ein Debakel. Schade, dass unsere beiden Krankenschwestern nicht mehr verfügbar sind. Die könnten wir nun gut gebrauchen, nicht wahr, Beanstock?", murmelte der Commodore. Sein Freund Mortimer schüttelte den Kopf über ihn.

Vor der Tür des Hauses ging die Sonne strahlend auf, als hätte es niemals einen Sturm gegeben. Beanstock ließ die Herren bei ihrem Freund zurück und machte sich auf den Weg zu der Stelle, unter der der arme Mr Harper noch immer liegen sollte. Er benutzte die offene Terrassentür. Die Remise wollte er später überprüfen.

Er war gespannt, was er vorfinden würde.

Der Weg war schmal und führte direkt oberhalb der Steilküste entlang. Beanstock sah sich mehrmals um, da er sich des Eindrucks nicht erwehren konnte, dass ihm jemand folgte. Aber es war kein Mensch zu sehen. Er führte das auf die belastenden Ereignisse der letzten Tage zurück und schüttelte den Kopf über sich selbst.

Dann erreichte er die Stelle, unter der Mr Harper liegen sollte. Beanstock sah sich erneut um. Zum Glück gab es hier nur eine mit wilden Kräutern und Gräsern bewachsene Wiese. Nur ein paar niedrige Büsche hätten vielleicht einen Attentäter verbergen und zu einem Angriff verleiten können.

Er ging nah an den Rand und beugte sich vorsichtig nach vorn.

Der Schrei der Raubmöwen und das Flattern der Papageientaucher, die sich nach der stürmischen Nacht wieder hinaustrauten, um nach Beute zu suchen, waren neben dem Rauschen der hohen Wellen, die gegen die Küste brandeten, die einzigen Geräusche, die der Butler vernahm.

Er würde nicht hören, wenn sich jemand seiner Position näherte.

In der Nähe knackte ein trockener Ast.

Gonzales

Auf der *Crazy Mary* erwachte Gonzales früh am Morgen. Er hatte nur kurz geschlafen. Zu groß waren seine Sorgen um die Leute auf der gegenüberliegenden Insel. Charly stand bereits an Deck und machte das Boot für ihre Fahrt bereit. Gonzales stand auf und ging zu ihm.

„Kann ich behilflich sein, Sir?"

„Och, nun sei mal nicht so förmlich, mein Junge. Ich heiße Charly und das darfst du auch sagen. Nicht Captain, nicht Mister und nicht Sir. Man merkt, dass du aus dem Haushalt dieses Butlers kommst. Der war auch so förmlich." Charly lachte schallend.

„Ich verstehe, Señor Charly. Also, was kann ich tun, um zu helfen?"

Gonzales krempelte resolut seine Hemdsärmel hoch. Seine gute Jacke und die Mütze hatte er lieber sicher unter Deck gelassen.

„Wie wär's, wenn du uns einen Kaffee machst, mein Junge? Ohne die schwarze Brühe geht nichts bei mir."

Gonzales hatte einen Seelenverwandten gefunden. Er liebte genau wie der alte Fischer seine Tasse tiefschwarzen Kaffees am Morgen. Wenn der Tag gut lief, auch noch ein weiteres Tässchen am Nachmittag und am Abend. Der Chauffeur bevorzugte allerdings zwei Stück Zucker in seinem Kaffee. Also nickte er dem Fischer lächelnd zu und ging zurück in die Kajüte.

Alles Nötige war dort vorhanden. Er schüttete Wasser aus einem Kanister in einen Kessel, stellte ihn auf den kleinen Gaskocher, griff zu der Büchse, auf der Kaffee stand, öffnete sie und fand darin Kekse. Zumindest dufteten die Kekse gut nach Kaffee.

„Gut. Das kann nicht so schwierig sein", murmelte Gonzales. Er sah sich in der winzigen Küchenecke um. Auf einem Regal, gut gesichert hinter einer umlaufenden Reling, standen drei weitere Büchsen. In der Teebüchse war Zucker, hinter der Aufschrift Nudeln verbargen sich Zigarren und in der Keksdose endlich das gesuchte Kaffeepulver.

„*El Señor* hat ein seltsames Ordnungssystem. Mr Beanstock wäre begeistert." Gonzales kicherte leise.

Das Wasser kochte.

Er füllte Pulver und Wasser in eine Metallkanne, rührte kurz um und wartete einen Moment. Dann griff er sich zwei Becher und schenkte das schwarze duftende Getränk ein. In seinen Becher kam Zucker.

Gonzales nahm die Becher und ging hinauf auf das Oberdeck. In der Steuerkabine stand Charly und hörte sich die Wettervorhersage aus einem Radio an, das dort an einem Haken an der Wand hing.

Der Chauffeur gab ihm seinen Becher und der alte Mann nippte vorsichtig an dem Getränk.

„Nicht schlecht. Finch hat das nie so hinbekommen. Man merkt den Kaffeetrinker in dir, mein Freund. Konnte Tee noch niemals etwas abgewinnen. Habe meine Mutter in den Wahnsinn damit getrieben." Er lachte laut.

Es war kurz nach acht Uhr.

„Dann machen wir uns mal auf den Weg", sagte Charly und ging mit Gonzales auf das Oberdeck.

Er zeigte dem Chauffeur die dicken Taue, die das Boot an der Anlegestelle festhielten.

„Leinen los, mein Junge!" Mit diesen Worten ging er zurück in das Ruderhaus und startete den Motor.

Mit einem lauten Röhren erwachte die Maschine zum Leben und ging sofort wieder aus. Gonzales machte sich Sorgen, dass mit dem alten Fischerboot etwas nicht stimmte. Er war an Land gesprungen, hatte die Leinen gelöst und war dann zurück auf das Boot geklettert.

Charly drückte erneut den Startknopf und schlug dann mit der flachen Hand auf die Konsole. Nun klappte es.

„Na bitte, Lady. Warum zierst du dich nur immer erst so, altes Mädchen?", murmelte er. Er griff zu seiner Pfeife, stopfte Tabak hinein, steckte sie in den Mund und zündete den Tabak mit einem Streichholz an. Er schmauchte ein paar Wolken Rauch hinaus und setzte Kurs auf die Insel.

Die *Crazy Mary* fuhr langsam aus dem Hafen. In weiter Ferne lag die Insel Little Penny im morgendlichen Nebel. Viele kleine messerscharfe Klippen ragten weit vor der Insel aus dem Meer empor. Da brauchte es einen erfahrenen Bootsführer.

Gonzales fühlte sich bei dem alten Seebären gut aufgehoben. Er nippte an seinem Kaffee und hoffte, dass ihn auf der Insel nichts Schlimmes erwarten würde.

Max Harper

„Liegt er noch dort unten?"

Die Frage erschreckte Beanstock und er sah sich schnell um. Berti stand hinter ihm, ein eingerolltes Seil über der Schulter. Der Butler machte ein paar Schritte fort von der gefährlichen Klippe.

„Was tun Sie hier, Berti?"

„Ich hatte genau diese Idee. Ich wollte nachsehen, ob der Mann nach dem Sturm noch da unten liegt. Ich finde es irgendwie furchtbar, dass er nun schon so lange im Freien liegen muss. Da habe ich mir ein Herz gefasst, das längste Seil aus der Remise geholt und bin Ihnen gefolgt, als ich sah, wohin Sie gehen. Den Commodore konnte ich ja nicht fragen, ob ich es versuchen darf. Er ist im Moment nicht in der Verfassung, etwas zu entscheiden."

Beanstock traute dem jungen Mann nichts Böses zu. Er hatte sich längst eine eigene Meinung über den Mörder gemacht, hatte aber noch keine ausreichenden Beweise, um ihn zu überführen. Berti gehörte nicht zu seinem Verdächtigenkreis.

Er hatte mit ihm gesprochen und seine Geschichte angehört. Berti hatte es nicht so leicht im Leben gehabt. Seine Mutter war schwer krank und hatte bis vor kurzer Zeit in einer Pflegeeinrichtung auf dem

Festland gelebt. Das Heim war nicht das beste gewesen und der junge Mann hatte mit allen Mitteln versucht, Geld aufzutreiben, um seine Mutter anderweitig unterbringen zu können.

Da er keinen Beruf erlernt hatte, war das nicht so einfach gewesen. Schließlich hatte er diese Stelle auf der Insel bekommen und in dem Commodore einen Unterstützer gefunden. Der hatte seine Beziehungen spielen lassen und die Mutter war in eine bessere Einrichtung gekommen. Noch dazu war das Heim in Penzance, sodass der Junge schnell bei ihr sein konnte.

Beanstock hatte die tiefe Dankbarkeit herausgehört, die Berti für den Commodore empfand. So ein Mensch fasste nicht plötzlich den Plan, seinen Wohltäter umzubringen.

Beanstocks Frage, ob Bertis Eltern im Krieg in der Armee gewesen waren, hatte der junge Mann mit einem entschiedenen Nein beantwortet. Sein Vater war vor dem Krieg verstorben und seine Mutter immer schon eine kranke Frau gewesen. Er war bei Kriegsbeginn erst zehn Jahre alt gewesen. Das war für den Butler der entscheidende Fingerzeig, um Berti auszuschließen. Natürlich hatte er sich die Aussage von Miss Blossom und dem Commodore bestätigen lassen.

Wenn man also das Unmögliche ausgeschlossen hatte, muss das, was übriggeblieben war, die Wahrheit sein - wie unwahrscheinlich es auch immer sein mochte. Das hatte schon der große Sherlock Holmes festgestellt.

Wer blieb also noch übrig?

Berti berichtete, dass er vorher noch in der Remise und auf dem Turm gewesen war. Oben hatte er ein genügend langes Seil gefunden.

„Haben Sie irgendein Anzeichen bemerkt, dass dort jemand übernachtet oder sich längere Zeit aufgehalten hat?", sagte Beanstock an den jungen Mann gewandt.

Berti verneinte. Nichts Auffälliges.

„Gut gemacht, Berti."

Die beiden Herren lehnten sich erneut über den Rand der Klippe. Max Harper lag noch an der Stelle.

„Und Sie wollen versuchen, ihn heraufzuholen? Ich glaube nicht, dass Sie das allein geschafft hätten", sagte Beanstock voller Zweifel in seiner Stimme.

„Sie haben natürlich recht. Aber Geoffrey wollte ich nun wirklich nicht um Hilfe bitten. Ein seltsam verschlossener Kerl ist das. Finden Sie nicht auch? Ich hatte vor, das Seil an einem der Felsen festzubinden. Sehen Sie, hinter uns." Er wies mit der rechten Hand landeinwärts auf ein paar hohe Zacken, die aus der Wiese ragten. „Ein paar schauen aus dem hohen Bewuchs hervor. Dann wollte ich mich hinunterlassen und das Seil um den Körper schlingen. So könnte man ihn heraufholen. Oder, was meinen Sie? Wollen wir es zusammen versuchen?"

Beanstock wägte die Gefahren ab. Es war gefährlich. Doch auch er hatte in den letzten Tagen darüber nachgedacht. Allerdings war er nicht sportlich genug, um das allein zu tun.

Er seufzte.

„Ich bin Ihrer Meinung. Der Mann sollte dort nicht mehr länger verweilen. Ich bin froh, dass der

Sturm ihn nicht ins Meer geweht hat. Fast hätte ich damit gerechnet. Einen kurzen Moment dachte ich sogar, dass Mr Harper unser Mörder wäre."

„Ach, wirklich, ich weiß nicht. Ich mochte Mr Harper. Er war lustig. Jedenfalls zu Anfang. Später am Tage erschien er mir sehr melancholisch zu sein", sagte Berti.

Er schlang das Seil um einen der spitzen Felsen auf der Wiese und zog hart daran. Es war fest.

Beanstock schlang sich zusätzlich das Seil um den Körper, um den jungen Mann zu sichern. Glücklicherweise war Berti ein Leichtgewicht.

Der kräftige Gonzales fehlte.

Vorsichtig stieg Berti über den Rand, ließ sich langsam an dem Seil hinab und erreichte nach einer kurzen Zwischenpause, in der er nach Luft schnappen musste, den Leichnam.

Er sah kurz empor zu Beanstock und hielt den Daumen hoch. So weit, so gut. Die Klippe, auf der Max lag, hatte eine winzige Plattform an dieser Stelle gebildet. Das war wohl der Grund, warum er überhaupt noch dort lag.

Mit großer Kraftanstrengung wand Berti das lange Ende des Seils um den toten Körper, verknotete es, so gut es ging, zerrte daran, um zu prüfen, ob es festsaß, und kletterte dann zurück nach oben zu Beanstock.

Beanstock griff nach Bertis Hand und half ihm herauf. Der junge Mann stützte seine Hände auf die Knie und schnappte laut schnaufend nach Luft.

„Geht es wieder, Berti? Das haben Sie gut gemacht. Aber ich denke, allein hätten Sie sich nicht in diese Gefahr begeben dürfen. Das wäre fahrlässig gewesen. Wir hätten sofort, als wir den Mann fanden, etwas unternehmen sollen. Versuchen wir, den Toten heraufzuholen."

Es war eine schwierige Aufgabe. Einen Toten zu bewegen, war nicht so einfach, wie man denken sollte. Beanstock hatte das Gefühl, als würden seine Muskeln in Flammen stehen.

Während die beiden an dem Seil zogen, hatte sich Sir Percival zu ihnen gesellt und griff sofort beherzt zu. Er hatte bemerkt, dass Beanstock hinausgegangen war, und hatte sich denken können, was der Butler vorhatte. Nachdem er sich angekleidet hatte und Beanstock nicht wieder zurückgekommen war, war er ihm gefolgt.

Gemeinsam schafften sie es. Nach weiteren langen Minuten lag der Leichnam von Max Harper endlich wieder oben.

„Sie hätten sich nicht in Gefahr bringen dürfen, Sir. Nur weil Sie in diese Geschichte eventuell nicht involviert sein könnten, würde es den Mörder wahrscheinlich nicht abhalten, auch Ihnen Schaden zuzufügen", sagte Beanstock vorwurfsvoll zu dem Baronet.

Sie Percival winkte ab, während er, genau wie vorher Berti, hustete und nach Luft schnappte.

„Was machen wir nun mit ihm?", fragte er.

„Vielleicht in die Remise", sagte Berti.

Beanstock dachte nach. Die Polizei war nicht in Sicht. Es könnte noch lange dauern, bis der Fischer Charly endlich auftauchen würde. Er sah über das immer noch aufgewühlte Meer in Richtung St. Mary's. Ein Boot tanzte auf den Wellen vor der

Hauptinsel. Es war noch weit entfernt und man konnte nicht erkennen, ob es auf dem Weg zu ihnen oder zu einer der anderen Inseln unterwegs war. Beanstock seufzte.

Vielleicht sollte man es doch später am Tage mit einem Leuchtfeuer versuchen. Was konnte das schon schaden? Es würde allerdings ein riesiger Zufall sein, wenn jemand das Feuer bemerken würde, dachte er.

„Wir bringen ihn in sein Zimmer und legen ihn mit Genehmigung des Commodore auf das Bett. Das erscheint mir pietätvoller zu sein, als ihn in der Remise abzulegen", sagte er.

Die anderen nickten.

„Ich hole den leichten Karren, mit dem ich die Koffer zum Haus gefahren habe. Bin gleich wieder zurück", erklärte Berti und war schon verschwunden.

Sir Percival sah auf den Toten.

„Der arme Kerl. Was denken Sie, Beanstock? Wer hat ihn hinuntergestoßen?", fragte der Baronet.

„Ich komme immer mehr zu der Einsicht, dass er nicht gestoßen wurde."

Sir Percival machte große Augen.

„Sie meinen, es war ein Unfall?"

Beanstock schüttelte den Kopf.

„Um Himmels willen. Das glauben Sie wirklich. Ich kann das nicht fassen. Max erschien mir so ein lebensbejahender Mensch gewesen zu sein. Ich kann mich an den letzten Tag erinnern. Er war da sehr in sich gekehrt, das stimmt, aber man bringt sich doch nicht gleich um. Was für eine Verschwendung eines Lebens." Traurig kniete sich Sir Percival neben den Toten und legte seine Hand auf dessen Schulter.

„Man kann doch über alles reden. Warum diesen letzten Schritt gehen? Das hättest du nicht tun sollen, mein Junge."

Beanstock war gerührt über die Anteilnahme seines Baronets. Er bückte sich zu Max und knotete das Seil ab, das Berti um den Leib geschlungen hatte.

Der kam in diesem Moment mit der Karre zurück. Sie legten den Körper vorsichtig auf die Plattform des Wagens. Dann schoben sie ihn mit vereinten Kräften zum Haus.

Am Eingang wartete Miss Blossom mit einem weißen Bettlaken im Arm. Berti hatte sie kurz informiert, was sie unternommen hatten.

„Wie geht es dem Commodore?", fragte Sir Percival.

„Er erholt sich. Das war eine gute Idee, meine Herren. Ich habe mit Trevor gesprochen. Bringen Sie den Toten in sein Zimmer." Sie nickte den Männern zu, öffnete die Tür und ging über die Treppe voraus in die erste Etage. Dort öffnete sie die Tür zum Zimmer Max Harpers und die Männer legten ihn auf das Bett. Miss Blossom blieb in der offenen Tür stehen. Sie konnte sich wiederum nicht überwinden, in das Zimmer eines Toten zu treten. Die Männer entfalteten das Laken und zogen es über den Leichnam.

Niemand sagte ein Wort.

Genauso schweigsam verließen sie den Raum danach wieder.

Sir Percival begab sich in den Salon und unterrichtete die Herren über die Aktion.

„Wie soll es nun weitergehen? Ich habe das Gefühl, dass Charly auch heute nicht kommen wird.

207

Was meinst Du, Trevor?", fragte Sir Mortimer seinen alten Kameraden.

Der Commodore lag blass und traurig auf seiner improvisierten Bettstatt und schien vollkommen überfordert mit der Situation zu sein. Der alte Haudegen aus den Tagen ihrer Ankunft war verschwunden.

Beanstock, der sich genau wie Berti im Waschraum der Dienstboten frisch gemacht hatte, war danach in die Küche gegangen und hatte das Frühstück für die Herrschaften vorbereitet. Miss Smith stand vor dem großen gusseisernen Herd und schürte das Feuer. Der Butler stellte einen Topf auf den nun heißen Herd und begann, Porridge zu machen.

„Das kann ich doch tun, Mr Beanstock", sagte die Köchin und stellte einen Kessel Wasser auf eine der anderen Platten.

„Es macht mir Freude, das Frühstück vorzubereiten. Dann kann ich Sie etwas entlasten. Das ist für mich kein Problem. Sir Mortimer hat sich bereits angekleidet und braucht mich im Moment nicht", sagte Beanstock, schüttete Haferflocken in die Milch und rührte fleißig. Sein Blick fiel auf die hintere Tür zum Küchengarten. Im Schloss innen steckte ein Schlüssel. Das war ihm noch gar nicht aufgefallen. Wenn dieser Schlüssel stets an Ort und Stelle blieb, hätte Max Harper diesen Ausgang benutzen können in jener schicksalhaften Nacht.

„Seit wann sind Sie eigentlich schon beim Commodore angestellt, Miss Smith?"

„Ach, schon eine ganze Weile. Bestimmt schon über fünf Jahre."

„Nicht ganz", sagte Berti, der gerade die Küche

betreten hatte, um eine Tasse Tee zu ergattern.

Miss Smith sah den jungen Mann erstaunt an.

„Wie kommst du denn darauf, dass es nicht so ist?", fragte sie, kümmerte sich dabei um den Tee und streute löffelweise Teeblätter in die vorgewärmte Kanne.

„Weil ich vor dir hier war. Du bist erst seit zwei Jahren hier. Da hast du dich vertan. Vorher hat Miss Blossom den Commodore bekocht. Damals hast du dich hier beworben und Miss Blossom war froh, entlastet zu werden", sagte Berti. „Weißt du das nicht mehr?" Er griff sich einen Keks aus einer Dose, ging nach nebenan in den Essraum der Angestellten und setzte sich zu Geoffrey, der mal wieder keinerlei Anstalten machte, in diesem Haushalt irgendetwas zu tun. Seine Tochter Pamela stand vor der Hintertür und rauchte.

Beanstock fand die beiden ungewöhnlich ruhig. Bis auf die Ohnmacht des Mädchens, als man Max auf den Klippen tot aufgefunden hatte, waren die beiden jederzeit die Ruhe selbst. Der Suizid des Mannes kam unerwartet. Das war vielleicht der Grund, warum Pamela in diesem Fall so überfordert von der Situation gewesen war.

Aber ansonsten hinterließen die beiden Aushilfsdienstboten bei Beanstock den Eindruck, dass sie das alles hier nichts anging. Er hatte sich bereits einen Reim darauf gemacht, wollte aber seine Überlegungen noch nicht darlegen. Es war viel zu gefährlich, wenn man auf einer Insel mit einem Mörder allein war.

Der Butler kümmerte sich weiter um das Frühstück und überwachte genau, was in der Küche passierte. Er wollte auf keinen Fall eine neuerliche Überraschung erleben.

Der fertige Porridge kam neben Milch, Zucker und Marmelade auf das Tablett. Dabei achtete er darauf, ein neues ungeöffnetes Glas aus der Speisekammer zu verwenden. Miss Smith schüttelte den Kopf über die Vorgehensweise des Butlers.

Dann wanderten noch Toast, Butter, ein aufgeschnittener Apfel und der fertig gezogene Tee dazu.

„Schaffen Sie das denn, alles allein in das Esszimmer zu schleppen?", fragte die Köchin mit einem irritierten Blick auf das voll gepackte Tablett.

Aber Beanstock wollte es so. Er musste genau sehen, was die Herren von ihm vorgesetzt bekamen. Alles andere wäre fahrlässig gewesen. Allerdings war ihm noch nicht klar, wie es mit dem Lunch weitergehen sollte. Er sollte mit Miss Blossom darüber reden, wenn es an der Zeit war.

Das Frühstück wurde nicht im Esszimmer, sondern im Salon serviert. Die Herren sollten zusammenbleiben und der Commodore war nicht sicher auf den Beinen. Der kurze Ausflug seines Baronets hatte Beanstock genug geschockt. Sir Mortimer und Sir Percival hatten den Commodore in eine sitzende Position gebracht. Aufstehen durfte er nicht. Miss Blossom stand mit strengem Blick neben ihm und achtete darauf.

Der Butler erörterte mit den Anwesenden die Möglichkeit, ein Leuchtfeuer zu entfachen.

„Das wird man in weiter Ferne nicht sehen. Da müsste schon jemand auf der Nachbarinsel mit einem

Fernglas stehen und genau in unsere Richtung sehen. Noch dazu am helllichten Tag." Der Commodore schüttelte den Kopf. „Das wird nichts bringen. Auch wenn es jemand sehen würde, ist nicht gesagt, dass auch Hilfe kommt. Man könnte denken, es handele sich um ein normales Feuer. Ich hoffe immer noch, dass Charly heute endlich kommen wird. Ich kann nicht verstehen, wo er bleibt. Nach dem Sturm sollte er sich doch nun endlich auf den Weg machen. Sehr eigenartig. Der Mann ist ansonsten so zuverlässig."

Beanstock servierte das Frühstück, während Miss Blossom in die Küche ging, um den Lunch zu besprechen.

„Ich könnte mir vorstellen, dass der Mörder Charly per Funk signalisiert hat, auf St. Mary's zu verweilen. Der Fischer weiß gar nicht, dass wir hier Probleme haben. Danach hat er erst das Funkgerät zerstört", sagte Beanstock, während er Tee einschenkte und jedem eine Tasse gab. „Ich möchte die Herren dringend bitten, zusammenzubleiben. Das ist die beste Möglichkeit, einem neuerlichen Anschlag zu entgehen. Ich bin guter Hoffnung, dass ich den Täter in naher Zukunft überführen kann. Eine Sache gilt es noch zu überprüfen."

„Bitte versprechen Sie mir, vorsichtig vorzugehen, Beanstock", sagte Sir Percival.

Der Butler neigte kurz seinen Kopf und verließ dann den Salon. Er schloss die Tür hinter sich und stand einen Moment in der Empfangshalle. Er horchte nach den Geräuschen im Haus.

In der Küche vernahm er leise Gespräche zwischen Miss Blossom und der Köchin. Er hörte jemanden im Essraum der Angestellten mit Geschirr poltern. Er hoffte, dass es sich um Geoffrey und Berti handelte. Pamela war nicht zu sehen und zu hören.

Beanstock nickte zufrieden und ging nach oben in die erste Etage, durch den langen Flur, an den Gästezimmern vorbei zur nächsten Treppe. Hinauf in die Dienstbotenetage. Er sah sich kurz um und horchte, ob ihm eventuell doch jemand folgte. Es blieb ruhig.

Er nahm aus seiner Jacketttasche das winzige Etui, das er vor einiger Zeit von Gonzales bekommen hatte. Darin steckten verschiedene Dietriche.

Er stand vor dem Zimmer und hoffte, dort drin Beweise für seine Vermutung zu entdecken. Er selbst hatte es nicht durchsucht, als er mit Miss Blossom das Haus überprüft hatte. Das hatte die Hausdame übernommen.

Dank Gonzales hatte er schnell gelernt, wie man mit den Dietrichen umgehen musste. Zuerst hatte er daran gedacht, die Hausdame nach dem Schlüssel zu fragen. Sie hatte für sämtliche Räume einen Generalschlüssel. Aber diese Idee hatte er nach reiflicher Überlegung verworfen. Er musste sich auf sich selbst verlassen.

Nachdem er die Tür geöffnet hatte, sah er sich noch kurz auf dem Flur um. Es blieb ruhig. Er sollte sich beeilen.

Beanstock betrat das Zimmer und schloss hinter sich die Tür. Ein breites Bett, sehr ordentlich gemacht, eine Kommode mit verschiedenen Kosmetikutensilien darauf, ein Buch auf dem Nachttisch. Er öffnete den Schrank und kniff die Augen zu, da die Tür unangenehm knarrte.

Unten lag ein Koffer. Er war leer. An der Stange darüber hingen verschiedene Kleidungsstücke. Aus Gewohnheit griff er in die Taschen des Mantels, der auf einem Bügel hing. Ein kleiner Stapel Briefe kam zum Vorschein, ordentlich mit einem Band zusammengebunden. Der Absender auf der Rückseite war interessant. Eine Londoner Adresse. Der Name kam ihm bekannt vor. Kindly. Das war der Name des abgestürzten Piloten. Wichtig könnte sein, was im Brief stand. Er löste vorsichtig das Band und zog den ersten Brief aus dem Kuvert.

Scheinbar unwichtige Informationen wurden ausgetauscht. *Es geht mir gut, was machen die Puffins, die Möwen fliegen tief die Tage, wir sehen uns in Land's End, das Wetter könnte besser sein, Sturm zieht auf.* Was für ein seltsamer Text. Beanstock war im ersten Moment verwirrt. Der gesamte Brief ging so weiter in dieser abgehackten Weise. Am Ende standen M. und R. als Kürzel der Namen. Martha könnte das M. bedeuten und war der Name der Schwester des Piloten. Also war das Motiv nun wirklich klar ersichtlich.

Moment. Land's End. Das liegt ganz in der Nähe von Penzance, dachte Beanstock. Er las den Text erneut. *Es ist ein Code!* Aber ohne den Schlüssel konnte er den Code nicht knacken. Er sah sich im Zimmer um. Das Buch auf dem Nachtschrank fiel ihm erneut ins Auge. Er nahm es zur Hand und blätterte darin.

Einzelne Seitennummern waren umkreist. Das könnte ein Zufall sein. Im Moment würde er es nicht schaffen, den Code zu entschlüsseln. Das benötigte etwas Zeit, die er nicht hatte.

Beanstock nahm Buch und Briefe an sich. Es war zu spät, um irgendetwas zu verheimlichen. Um diese verzwickte Angelegenheit zu einem guten Ende zu bringen, musste er den möglichen Mörder zur Rede stellen.

Er öffnete die Tür und machte sich nicht die Mühe, sie hinter sich wieder abzuschließen. Auf dem Weg nach unten überlegte er sich die Strategie.

Sollte er jemanden in seine Überlegungen einweihen? Er entschied sich dagegen.

Als er in die Halle hinunterkam, hatte jemand das Licht im Raum gelöscht. Er wusste genau, dass die Hausdame momentan das Licht brennen ließ, da der Raum ansonsten zu dunkel wäre. Es gab zwar zwei längliche Fenster neben der Eingangstür, aber Berti hatte sie am Abend vor dem Sturm zum Schutz mit Brettern versehen. Durch die Ritzen der Holzbretter fiel fahles Licht. Kaum genug, um die Ecken des Raumes zu erkennen.

Beanstock ging vorsichtig zum Lichtschalter und betätigte ihn. Nichts geschah. Der Generator könnte ausgefallen sein. Er konnte kaum etwas sehen.

Dafür blickte er, als er sich wieder umdrehte, in den Lauf einer Pistole.

Gonzales

Nachdem das Boot den Hafen verlassen hatte, gab es für Gonzales erst einmal nichts zu tun. Er war nervös. Was würde sie auf der Insel erwarten?

Seine Gedanken wanderten zurück auf das Schiff im Mittelmeer, die *Princess Matilda*, wo er vor einiger Zeit einen gefährlichen Mann aus seiner Vergangenheit getroffen hatte. Wenn Beanstock damals nicht dort gewesen wäre, hätte Gonzales diese Kreuzfahrt nicht überlebt. Er verdankte dem Butler sein Leben. Und mittlerweile waren sie gute Freunde geworden. Allein schon ihre Zusammenarbeit an dem Fall des Gänseblümchenkomplotts, den sie in London untersucht hatten, war für den Spanier außergewöhnlich gewesen.

Und danach die tragische Geschichte um Lucinda. Das kleine Mädchen war wie ein starkes Band zwischen ihnen beiden. Gonzales sah es jedenfalls so.

Er lächelte. Sie hatten bereits eine Menge Abenteuer durchgestanden. Der Butler würde das vielleicht nicht zugeben wollen. Aber sie waren ein gutes Team.

Charly beobachtete ihn, wie er auf dem Deck auf und ab ging. Es hielt Gonzales nicht an seiner Seite im Ruderhaus. Der alte Mann rief ihm etwas zu.

„Nun mach dich nicht verrückt, mein Junge!

Komm ins Ruderhaus. Sonst rollst du bei der nächsten Welle über Bord. Stell dir den Papierkram vor, den ich danach machen muss. Das willst du mir doch nicht zumuten. Besser, du bringst mir noch einen Becher von deiner starken Giftbrühe. Das weckt den müdesten Seemann auf. Nimm auch noch einen."

Gonzales erfüllte Charly den Wunsch und brachte ihm aus der kleinen Küche im Unterdeck einen weiteren Kaffee.

Die Insel kam näher. Sah aber aus der Ferne immer noch wie ein winziger Buckel im weiten Meer aus. Gonzales war aufs Äußerste angespannt.

„Wie lange dauert es noch, bis wir dort sind?"

„Eine gute halbe Stunde wird es schon noch dauern. Der Seegang hat zugenommen und ich muss in diesen Gewässern vorsichtig sein. Spitze Klippen unter der Wasseroberfläche sind schon so manchem Boot zum Verhängnis geworden. Man muss sich hier gut auskennen."

Der alte Seemann sah seinen Passagier abschätzend von der Seite an.

„Hast du nicht Lust, mal eine richtige Arbeit zu übernehmen? Bei mir ist der Posten des Matrosen frei geworden. Du siehst mir aus wie einer, der zupacken kann, und es gibt eine Menge hübscher Mädchen auf den Inseln." Er zwinkerte Gonzales zu.

„Ja und es gibt auch eine gruselige alte Frau, die wie ein Geist herumrennt und mit ihrem Spazierstock redet", sagte Gonzales.

Charly bekreuzigte sich, obwohl er gar nicht gläubig war. *Das kann nicht schaden*, dachte er.

„Sag mir nichts über die alte Frau. Die verflucht

jeden, den sie treffen kann. Ist mir nicht geheuer. Mir glaubt man ja nicht, aber ich meine, sie ist die *Bean Nighe*, die Todeswäscherin. Wo sie auftaucht, passiert etwas ..." Der alte Mann unterbrach seine Rede abrupt. Er war so in seinem Redefluss gewesen, dass er nicht bemerkt hatte, wie diese Information Gonzales geängstigt hatte. Der Chauffeur sah den Fischer mit weit aufgerissenen Augen an. Charly würde sich am liebsten selbst ohrfeigen, dass er so unaufmerksam gewesen war. Aber nun war es passiert. Wie sollte er auch wissen, dass Gonzales ein Problem mit Geistern und magischen Wesen hatte?

Beanstock wusste das und belächelte ihn deshalb.

Gonzales sah in Richtung der Insel. Sie kam näher, war aber immer noch mindestens eine viertel Stunde entfernt.

„Hör gar nicht auf den dummen Alten. Meine Frau hat mir oft genug die Leviten gelesen, weil ich so schwatzhaft bin. Das sind doch alles nur Geschichten, die man Kindern erzählt, wenn sie unartig waren." Charly versuchte, seinen Fahrgast zu beruhigen. Es würde ihm nicht gelingen.

„Leben Sie mit Ihrer Frau auf St. Mary's?", fragte der Chauffeur.

Der Fischer sah stur geradeaus und wischte sich über seine Augen.

„Ist schon lange nicht mehr bei mir, die gute Mary."

„Das tut mir leid, Sir. Haben Sie deshalb Ihrem Boot den Namen *Crazy Mary* gegeben? War Ihre Frau etwa so?"

Charly lächelte verschmitzt.

„Ich bin kein Sir. Bin nur der alte Charly. Meine Mary war ein toller Feger in ihrer Jugend. Und ja, sie war auch etwas verrückt, aber sehr liebenswert. Wir hatten ein wundervolles Leben. Sie war mit mir draußen, musst du wissen. Mary ist mit mir jeden Tag zum Fischfang gefahren. Das ist ungewöhnlich für eine Frau und sie wurde von einigen Bewohnern unseres Städtchens verurteilt. Das hat meine Mary nie gestört. Dafür habe ich sie geliebt. Ich sehe noch, wie sie am Bug steht, das rote Haar vom Wind zerzaust und nach Fischschwärmen Ausschau haltend."

Gonzales konnte schon wieder lächeln. Doch die Angst blieb, dass er auf der Insel, die nun in Reichweite kam, etwas Furchtbares vorfinden würde.

Little Penny wurde vor Gonzales' Augen von Minute zu Minute größer. *Endlich*, dachte er.

„Wenn wir den Steg erreichen, springst du von Bord und ich werfe dir die Leine zu. Einverstanden?", sagte Charly. Er sah zu der kleinen Bucht, in der die Anlegestelle in Sicht kam.

Der Fischer griff zu seinem Fernrohr und hielt es sich an die Augen.

„Tintenfisch und Makrelenschwarm, wo ist der verdammte Steg hin?"

Am Ende bleibt nur Trauer

„Bitte, Miss Smith, nehmen Sie die Pistole herunter und lassen Sie uns über alles reden", sagte Beanstock. Er blickte in den Lauf der Pistole.

Die Köchin kam aus dem Schatten hervor.

„Seit wann wissen Sie es, Mr Beanstock?"

„Ich habe rekonstruiert, wer genau wo war an den Tagen der Morde. Dann habe ich mit den Angestellten gesprochen und am Ende blieb nur eine Person übrig, die zu allen Zeiten die Möglichkeit gehabt hatte, die Morde zu begehen. Einen Außenstehenden habe ich ausgeschlossen. Er hätte wohl ganz allein die Insel nicht unbeschadet erreichen können. Ich habe in Ihrem Zimmer die Briefe gefunden. Sie haben mit der Familie des getöteten Piloten Sam Kindly zusammengearbeitet. So ist es doch."

„Ich habe Max Harper nichts angetan. Der dumme Junge wollte nicht mitmachen und ist gesprungen. Hab es mit angesehen. Er war seit langer Zeit depressiv. Sein Gedeck haben wir entfernt, damit es nicht auffällt", sagte die Köchin, fuchtelte mit der Pistole in ihrer Hand herum und beschied Beanstock, zum Salon zu gehen.

„Die Tür zum Küchengarten ist mir leider erst am heutigen Tag aufgefallen. Auf diesem Weg konnte

Max das Haus verlassen und Sie konnten Ihre Arbeiten am Funkgerät erledigen. Was haben Sie nun vor? Es sind unschuldige Menschen hier."

„Es bleibt mir nur noch eine Sache zu tun. Dann ist alles erledigt."

„Das müssen Sie nicht, Miss Smith, oder wie auch Ihr Name lautet. Ich weiß, dass Mr Harper Suizid begangen hat. Er traf Sie hier an und vermutete wahrscheinlich etwas. War er also nicht eingeweiht in den Plan?"

„Oh, das ist mein richtiger Name. Ich war im Krieg im Bletchley Park tätig. Sie wissen schon. Wir haben dort erfolgreich den deutschen Nachrichtenverkehr im Krieg entziffert."

„Daher wussten Sie, wie man einen Funkapparat zerstört. Und deshalb sind diese Briefe so ausgeklügelt verschlüsselt. Meinen Respekt. Sie wussten natürlich auch, wie man eine Bombe auf der Yacht von Lady Abigail platziert und wie man es hinbekommt, dass sie mit dem Starter des Bootes zusammen funktioniert."

„Max war wirklich sehr überrascht, als er mich sah. Wir kannten uns durch Martha Kindly. Er hat aber nichts verraten, der gute Junge. Ich hatte eigentlich nicht angenommen, dass er vom Commodore eine Einladung bekommen würde. Sie wissen schon, wegen seiner engen Verbindung zu Sam Kindly. War selbst überrascht, als ich ihn hier sah.

Er sprach am Tag vor seinem Tod mit mir und versuchte, mich von dem Plan abzubringen. Wer hätte denn ahnen können, dass sich dieser dumme Kerl die Klippe hinunterstürzt? Nach all der langen Zeit. Ich hatte keine Wahl mehr. Das sagte ich ihm und das hat er wohl nicht verkraftet. Wir gehen in den Salon, Mr Butler. Ich habe noch eine letzte Aufgabe zu erledigen."

Die beiden waren an der Tür zum Salon angekommen. Hinter der geschlossenen Tür hörte man Stimmen. Miss Blossom war ebenfalls dort. Beanstock überlegte fieberhaft seine Optionen. Hier in der schummerigen Vorhalle erachtete er einen Angriff von seiner Seite aus als aussichtslos.

„Öffnen Sie die Tür!", rief Miss Smith.

Beanstock folgte und die Tür sprang auf.

Die vier im Raum sahen sich erschrocken um. Als Miss Blossom die Pistole in der Hand der Köchin sah, schrie sie kurz auf und stellte sich sofort vor den Commodore, der immer noch auf dem Sofa am Kamin lag.

„Ach, die liebende Miss Blossom. Geben Sie sich keine Mühe. Es muss zu einem Ende gebracht werden. Ich habe es meiner Freundin Heather Kindly auf dem Sterbebett versprochen. Und meinem Patenkind Martha habe ich das Versprechen ebenfalls gegeben."

Sie fuchtelte mit der Pistole und schickte Beanstock zu den anderen Leuten, die sich nun vor dem Kamin versammelt hatten. Beanstock sah sich nach den Schürhaken um. Sie standen zu weit entfernt von ihm. Sir Percival war seinem Blick gefolgt. Aber Beanstock schüttelte leicht den Kopf. Der Baronet durfte sich nicht in Gefahr bringen.

„Was soll denn das, Miss Smith? Warum tun Sie so etwas?", fragte Sir Mortimer und machte einen

Schritt zu ihr.

„Sie wollen also der Erste sein, der heute fällt. Ich bin einverstanden."

Beanstock wusste, es gab nur eine Möglichkeit. Er musste auf Zeit spielen und hoffen, dass sich etwas ergab. Dieses Mal konnte er nicht auf Gonzales' Hilfe im letzten Augenblick zählen.

„Bevor Sie Selbstjustiz ins Auge fassen, erzählen Sie uns wenigstens die ganze leidvolle Geschichte", sagte Beanstock, machte ein paar winzige Schritte und stellte sich so vor Sir Mortimer und seinen Baronet.

Die Köchin dachte nach.

„Warum sollten Sie unwissend sterben? Ich habe die meisten Informationen von Max Harper. Er ging bei Heather und Martha, der Schwester des jungen Piloten, ein und aus nach dem Krieg. Max war dabei, wie Sie alle wissen. Er hatte gewarnt, dass die Spitfire nicht starten dürfte. Nachdem er es dem Commodore und seinem Freund Mortimer angezeigt hatte, wurde die Sache unter den Teppich gekehrt. Und warum das alles? Weil Sam und Max ein Paar waren. Das durfte es natürlich in der feinen Truppe des Commodore Trevelyan nicht geben.

Aber, was ich weitaus schlimmer empfinde, Harriet Jones und Abigail Taylor waren bei ihm, als er im Sterben lag. Er bat die Schwestern, Max zu ihm zu holen und wollte seinem Freund einen Brief für seine Mutter und Schwester diktieren. Was taten diese beiden Damen? Abigail setzte eine hochdosierte Morphiumspritze und Harriet sah ihr dabei zu.

Sam Kindly wäre auf jeden Fall gestorben, dort in

dieser heißen unbarmherzigen Sandwüste. Aber man gab ihm nicht die letzte Möglichkeit, mit jemandem dem Tod ins Auge zu blicken, den er liebte.

Seine Familie musste ohne Trost und letzte Worte ihres Sohnes und Bruders zurechtkommen. Das brach Heather das Herz.

Nach ein paar Jahren erschien Max bei Martha. Er erzählte sich alles von der Seele und so entstand der Plan, die Schuldigen ihrer gerechten Strafe zuzuführen. Ist das so unverständlich?"

„Warum nach der langen Zeit?", fragte Beanstock.

„Wir mussten natürlich den richtigen Moment abpassen. Als erste Maßnahme nahm ich eine Stelle auf dieser Insel an. Es war nicht einfach. Ich habe den Commodore des Öfteren gebeten, von seinen Kriegserlebnissen zu erzählen. Dann habe ich jedes Mal gefragt, warum er seine alten Kameraden nicht einlädt, auf die Insel zu kommen. Ich habe es geschafft, ihm bestimmte Personen ins Gedächtnis zu rufen. Konnte es selbst nicht glauben, dass es geklappt hat. Unser einfältiger Commodore hat nach dem Happen geschnappt, wie ich als Köchin sagen würde. Was finden Sie nur an diesem Mann?", fragte Miss Smith und sah die Hausdame an.

„Sie haben Charly gefunkt, dass er nicht kommen soll. Ist es nicht so?", fragte Miss Blossom. Sie war furchtbar wütend, dass sie auf die Frau hereingefallen war. Sie hatte sie als gute Freundin in den beiden letzten Jahren angesehen.

Die Köchin lachte.

„Das war gar nicht nötig. Wir hatten einen Verbündeten an Bord des alten dummen Charly. Martha hat vor einiger Zeit geheiratet. Ihr Gatte, Edmund Fink, heuerte als Matrose Finch bei Charly an. Das war so einfach, als hätte ich einen Kuchen angerührt."

„Doch Sie haben die gesamte Schmutzarbeit übernommen. Warum?", fragte der Commodore und setzte sich stöhnend auf seinem Krankenlager auf.

„Ich will nicht, dass den anderen Mitgliedern dieser Familie etwas geschieht. Sie haben genug gelitten. Sie sind weit fort und können beruhigt in dem Wissen leben, dass der Rache Genüge getan wurde."

„Was ist mit Hamish Murdoch? Haben Sie den Mann auch auf dem Gewissen?", fragte Beanstock.

Miss Smith nickte lächelnd. „Das war sozusagen der Beginn. Er hasste Max und Sam und alles, wofür die beiden standen. Er hat den Jungen mit Absicht die defekte Spitfire fliegen lassen."

Beanstock fragte sich, wo Berti und die anderen beiden Angestellten waren.

„Was haben Sie mit Berti gemacht? Waren Geoffrey und seine Tochter Teil des Plans?", fragte er. Inzwischen hatte er sich überlegt, einfach, ohne Rücksicht auf seine Gesundheit, auf die Mörderin zuzuspringen und ihr den Revolver zu entreißen. Er sah keine andere Möglichkeit. Deshalb näherte er sich langsam der Köchin. Auch wenn er dabei zu Schaden kommen sollte, spekulierte er auf die Geistesgegenwart der anderen Herren, die Köchin überwältigen zu können.

„Berti ist zusammen mit Pamela im Keller eingeschlossen. Es war nicht schwer, die beiden hinunterzulocken. Geoffrey sitzt in der Küche. Ihn geht das alles nicht viel an. Er zählt sein Geld, das ich ihm versprochen hatte, als ich die beiden brieflich anwarb. Sogar Sie, Mr Beanstock, wissen doch, dass dieser Mann nur auf Geld aus ist und die Arbeit nicht erfunden hat. Ich habe mich köstlich amüsiert über Ihre Blicke und die versteinerte Miene, wenn Sie Geoffrey beim Faulenzen zusahen."

Sie lachte.

Beanstock wusste, die Frau hatte nichts mehr zu verlieren und sie würde ohne Skrupel schießen.

„Aber Sie würden von dieser Insel nicht mehr herunterkommen ohne Hilfe. Wie haben Sie sich das vorgestellt?", fragte er.

„Das ist nicht mehr nötig. Ich habe mit allem abgeschlossen. Hauptsache, die anderen sind in Sicherheit."

Die Haustür wurde geöffnet.

Die Köchin war eine Millisekunde abgelenkt. Das war genau der Moment, den Beanstock nutzen musste. Er sprang auf sie zu, ein Schuss löste sich, Gonzales lief durch die offene Tür in den Salon und stürzte sich auf Miss Smith.

Sir Percival sprang hinzu und kickte die Pistole fort, die der Mörderin aus der Hand gefallen war. Sie flog unter eines der Sofas. Miss Blossom hatte sich über den Commodore geworfen, der laut stöhnte, da sie an seinen verletzten Kopf gekommen war.

Der Earl of Southcoffelton bückte sich über den Butler, der am Boden lag und kein Wort von sich gab. Sir Percival kniete sich neben ihn und drehte den Körper um, da er auf den Bauch gestürzt war.

Ein dünnes Blutrinnsal kam aus Beanstocks Brust.

Inzwischen hielt Gonzales mithilfe Charlys, der dazu gekommen war, die Köchin fest im Griff. Der Chauffeur sah voller Angst zu dem Butler am Boden.

Miss Blossom bemühte sich um Beanstock. Sie knöpfte Weste und Hemd auf und sah nach der Wunde. Kurz sah sie sich den Rücken an.

„Er hatte Glück. Die Kugel ist hindurchgegangen. Wahrscheinlich, weil er so nah bei ihr stand. Ich hole sofort Verbandsstoff. Aber er muss dringend zu einem Arzt." Sie ging davon. Schnell befreite sie Berti und Pamela aus dem Keller und informierte sie über den Vorfall. Geoffrey saß nicht mehr im Essraum. Er war vielleicht auf seinem Zimmer. Es war nicht wichtig.

„Gehen Sie sofort zu Ihrem Vater und packen Sie Ihre sieben Sachen! Ich will Sie in einer halben Stunde nicht mehr im Haus sehen!", schrie sie das Mädchen an. Pamela zuckte noch nicht einmal mit der Schulter, sondern lief, wie von Hunden gehetzt, über die Treppe nach oben.

Miss Blossom ging zusammen mit Berti zurück in den Salon. Beanstock war zu sich gekommen und sah überrascht in das Gesicht von Gonzales.

„Señor Beanstock, man kann Sie nicht allein lassen", sagte der Chauffeur lächelnd und froh, dass der Butler am Leben war.

Charly stand daneben und hielt Miss Smith fest, die sich heftig wehrte.

„Was machen wir mit der hitzköpfigen Dame?", fragte er in die Runde.

„Am besten in den Keller. Den kann man gut ver-riegeln und es gibt keine Fenster", sagte die Hausdame, während sie die Wunde des Butlers notdürftig verband.

Sir Mortimer und Charly brachten die Köchin in den Keller. Zur Vorsicht banden sie die Hände und Füße noch sorgfältig zusammen. Man sollte bei dieser Frau kein Risiko eingehen.

„Ich kann verstehen, dass Sie sich Ihrer Freundin verpflichtet fühlten, Miss Smith", sagte Sir Mortimer noch, bevor sie gingen. „Aber wie sie diese Rache kalt serviert haben, ist unentschuldbar. Es war ein furchtbarer Krieg. Diese Wüste hat uns allen Opfer abverlangt. Ich fühle mit der Familie Kindly und sicher haben der Commodore und wir anderen Fehler gemacht. Aber so viele Leben für die kurze Genugtuung einer Rache zu nehmen, ist falsch."

Im Salon überlegte man die weitere Vorgehensweise. Es wäre am besten, wenn der Commodore und Beanstock zuallererst zu einem Arzt nach St. Mary's gebracht werden würden. Berti würde sie begleiten und die Polizei informieren.

Als die beiden Aushilfsdiener mit ihren Koffern die Treppe herunterkamen, wollten sie sich anschließen und mit dem Boot zur Hauptinsel fahren. Beanstock flüsterte Gonzales etwas zu.

„Mr Beanstock ist der Meinung, dass Sie im Keller bei Miss Smith besser aufgehoben sind, bis die Polizei hier ist und über Sie entscheidet", sagte Gonzales und brachte zusammen mit Berti Vater und Tochter ebenfalls in den Keller. Zur Vorsicht deponierten sie die beiden in einem anderen Raum des Kellers und schlossen alle Türen sorgfältig ab.

Die beiden übrig gebliebenen Gäste sollten in der

Zwischenzeit ihre Koffer packen. Gonzales würde den beiden Herren in Vertretung des Butlers helfen und hier vor Ort Miss Smith und ihre Entourage im Auge behalten.

Vorher begleitete er Beanstock zum Boot und half, die beiden Verletzten an Bord zu bringen. Er nickte dem Butler zu, als er ihn gut gesichert unter Deck wusste, und wollte wieder gehen.

Beanstock hielt den Chauffeur am Arm zurück.

„Gonzales, vielen Dank", kam es mit schwacher Stimme von dem Butler.

Der Chauffeur nickte lächelnd und ging zurück an Land. Er atmete tief die würzige Seeluft ein und hoffte, dass es Beanstock schaffen würde.

Eine Woche später, alle Gäste und die Polizei hatten die Insel bereits verlassen, fuhr Charly ein letztes Mal zur Insel und holte den Commodore, Miss Blossom und Berti ab. An der Anlegestelle standen Koffer, Taschen und Kisten. Berti hatte den Steg notdürftig wiederhergestellt.

Die nach Gemüsesuppe duftende Mingvase aus dem Esszimmer des Anwesens war dem Commodore beim Packen der Kisten seltsamerweise aus den Händen gerutscht und wurde entsorgt. Zum Glück war es eine Replik gewesen.

Dem Commodore ging es wieder gut und er würde die Insel verkaufen. Er hatte genug von dem Inselleben. Miss Blossom hatte endlich eingewilligt, ihn zu heiraten, und sie würden sich auf dem Lande in Cornwall ein neues Nest bauen.

Berti heuerte bei Charly auf dem Boot an und

228

wurde zum Matrosen ausgebildet. Da Charly keine Kinder hatte, standen Bertis Aussichten, einmal selbst Bootskapitän zu werden, recht gut.

Die Polizei hatte Miss Smith verhaftet und nach London überstellt. Der Prozess würde im *Old Bailey* stattfinden. Alle Beweise sprachen für eine Verurteilung.

Ihre Mitverschwörer Martha und Edmund Fink alias Finch entkamen der Justiz. Nur Geoffrey musste sich als Mitverschwörer verantworten, was er bis zum bitteren Ende beklagte. Er war nicht schuldig, beteuerte er.

„Das müssen Sie mir glauben, Inspector", war der berühmte Satz, den er ständig verlauten ließ. Der Inspector hatte diese Worte schon zu oft gehört. Sie prallten einfach von ihm ab.

Aber da Geoffrey nach langen Verhören zugab, die Gedecke nach der Vorgabe in den Briefen jeweils am Morgen entfernt und das Funkgerät beim zweiten Mal zerstört zu haben, musste er einer ungewissen Zukunft im Gefängnis entgegensehen.

Pamela, seine Tochter, wurde freigesprochen. Sie wusste von nichts und hatte, wie immer, nichts zu sagen. Die junge Frau bewarb sich in einer Fabrik für Damenunterwäsche und verbrachte den Rest ihres sprachlosen Lebens an einem Fließband, an dem Tag für Tag Hüftgürtel an ihr vorbeidefilierten.

Beanstock erholte sich langsam. Er hatte wirklich Glück gehabt. Die Kugel hatte Lunge und Herz verfehlt und war glatt durchgegangen. Ein Arzt hatte ihn auf St. Mary's versorgt und dann mit der nächsten

Fähre nach Penzance bringen lassen. Man transportierte ihn mit einem Krankenwagen in das dortige Hospital, das er am liebsten schon einen Tag später verlassen hätte. Er brachte Oberschwester Tilly zum Verzweifeln mit seinen Vorschlägen zur Verbesserung des Hospitalalltags.

Die Baronets und ihre Freunde machten sich drei Tage, nachdem Beanstock im Hospital angekommen war, auf den Weg zurück nach Hause. Vorher besuchten sie ihren Butler. Der Arzt war zufrieden mit den Fortschritten seines Patienten, ordnete aber wenigstens noch fünf Tage Bettruhe an.

Nach dem Gespräch mit dem behandelnden Arzt saßen die Baronets am Bett des Butlers.

Die Tatsache, dass Beanstock vor seinen Herrschaften in einem Bett lag, war ihm unangenehm und Lady Fedora musste ihm klarmachen, dass er hier Patient war und nicht befugt für die Baronets Tee zu holen. Genau das hatte Beanstock tun wollen, als er sie mit Gonzales zusammen eintreten sah. Es schien ihm kaum angebracht, im Schlafanzug vor ihnen im Bett zu liegen. Mit großer Mühe versuchte er, an seine Hausschlappen zu kommen. Gonzales drohte mit dem Finger und schob ihn zurück auf sein Kissen.

„Sie haben meinem Perci und dem guten Mortimer das Leben gerettet, Beanstock", sagte Lady Fedora. Gonzales rückte ihr einen Stuhl an das Bett und sie setzte sich. Sie griff zur Hand des Butlers und drückte sie. „Das können wir niemals wieder gut machen", flüsterte sie. „Nun erholen Sie sich und Gonzales wird sie in ein paar Tagen abholen. Ich verspreche, dass ich mich um das Kind kümmere.

Lucinda wird einen furchtbaren Schreck bekommen. Aber alle guten Geister auf Parsley Manor sind für sie da. Das verspreche ich."

Beanstock hatte sich inzwischen möglichst aufrecht in seinem Krankenbett aufgesetzt, obwohl er Schmerzen hatte. Er konnte die ganze Zeit nur an seinen unangebrachten Aufzug denken. Er war sicher, dass seine Baronets ihn noch niemals, solange er für sie arbeitete, in etwas anderem als seinem seriösen Butleranzug gesehen hatten.

Oberschwester Tilly beobachtete ihn von ihrem Glaskasten aus, der sich am Eingang zum Schlafsaal befand. In dem Saal dahinter gab es zehn Betten für Patienten. Dazwischen standen weiß bespannte Paravents, mit denen es möglich war, den Patienten etwas Privatsphäre zu bescheren.

Die Oberschwester schüttelte leicht den Kopf. Die junge Lernschwester Agatha sah es und folgte ihrem Blick.

„Heute Morgen hat er mich gefragt, wie wir hier den Tee kochen. Er wollte wissen, ob wir Wasser zum Aufbrühen verwenden. Er hätte das Gefühl, Hustensaft zu trinken. Ich konnte ihm nicht folgen und habe gefragt, ob ich ihm einen anderen Tee bringen solle. Ich meinte, dass der Fencheltee bei den Patienten noch nie Missfallen erregt hätte. Daraufhin schien ihm übel zu werden und ich wollte schon den Arzt holen. Aber er winkte ab."

Oberschwester Tilly lächelte, räusperte sich und zog lächelnd eine Spritze auf.

„Wenn der Besuch gegangen ist, sollte Mr Beanstock seine tägliche Spritze bekommen."

Nach einer Woche holte Gonzales den Butler ab. Das Personal der behandelnden Abteilung winkte ihm erschöpft und erfreut nach.

Daheim auf Parsley Manor erwartete Beanstock eine glückliche Lucinda, seine zufriedene Dienstbotenfamilie, dankbare Baronets und ein wunderbar duftender *Marble Cake*, den Mrs Porkpie extra für die Rückkehr des Butlers gebacken hatte.

Er stieg aus dem Bentley, sah an der wunderschönen Fassade des Hauses empor und war endlich wieder dort, wo er am liebsten war.

Mrs Porkpie empfiehlt:
Simone Orliks Marble Cake

Simone Orlik, freie Autorin, Bloggerin und Groß-britannien-Fan. Ihr Motto: Großbritannien tickt lie-benswert anders. Dem kann man sich nur anschlie-ßen.

<u>Man nehme für diesen leckeren Marmorkuchen:</u>

225g zimmerwarme Butter

225g Zucker

1 Tütchen Vanillezucker oder eine Messerspitze Vanilleextrakt

4 Eier

225g Mehl

1 Tütchen Backpulver

2 EL Kakao

3-4 TL Milch

Den Backofen auf 180 Grad Ober- und Unterhitze vorheizen oder 160 Grad Umluft. Backform gut einfetten und mit Mehl ausstäuben. Simone Orlik verwendet eine runde Form.

Butter, Zucker und Vanillezucker zu einer cremigen Masse verschlagen. Nach und nach die vier Eier hinzugeben und einige Minuten verrühren.

Mehl und Backpulver zur Masse geben, zu einem Teig verrühren und bei Bedarf etwas Milch hinzugeben. Der Teig sollte schwer reißend vom Löffel gehen.

Die Hälfte des Teiges in die Backform geben und glattstreichen. Die andere Hälfte mit Kakaopulver mischen und auf den hellen Teig geben, wieder glattstreichen. Mit einer Gabel oder einem Stäbchen kleine Kreise in den Teig rühren, um hellen und dunklen Teig leicht zu vermischen.

45 – 50 Minuten im Ofen auf mittlerer Schiene backen. Herausnehmen und komplett abkühlen lassen. Dann stürzen und mit Puderzucker bestreuen.

Zubereitungszeit: 1 h

Für Anfänger geeignet

Hält sich einige Tage unter der Kuchenglocke

Wer mag, verziert mit Kuvertüre

Die wunderbare Simone Orlik hält auf ihrer Seite nicht nur Tipps für Reisende nach Großbritannien bereit, sondern auch viele interessante Rezepte von der Insel. Neu ist der Vintage Shop mit britischem Porzellan und Dekoartikeln. Schaut einmal bei ihr vorbei. Es lohnt sich.

Durch ihre englischen Familienbande erhält sie Woche für Woche tiefen Einblick in die britische Lebensweise. Reisetipps, Rezepte, Gartenideen und Gedanken könnt ihr hier nachlesen.

Tea-and-scones.de

oder auf

Instagram @tea_and_scones_blog.

Rezept und Text wurden mit Genehmigung von Simone Orlik übernommen.

Illustration: A.W. Benedict

Butler Beanstock ermittelt:

Beanstock – Mord auf Parsley Manor

Beanstock – Das Gänseblümchenkomplott

Beanstock – Die Barke des Teremun

Beanstock – Mörder an Bord

Beanstock – Ein Whisky zu viel

Beanstock – Das Haus der Lady Sherry

Beanstock – Das Geheimnis von Waterhill

Beanstock – Mörderische Teatime

Beanstock – Mord im Paradies

Beanstock – Mord in bester Gesellschaft

Geschichten aus Parsley Manor
-Ein Kurzgeschichtenband-

Das kleine Notizbuch des Butlers Beanstock

Weitere Infos unter: awbenedict.de/beanstock

Der schottische Pubwirt Barrington ermittelt:

Barrington – Mord in St. Applewood
Barrington – Kleine Morde unter Gangstern

Der junge Peter Scott entdeckt eine fantastische Welt unter den Städten Großbritanniens.

Peter Scott und die Löwen von England
Peter Scott und der chinesische Drache
Peter Scott und die rote Feder

Weitere Infos unter: awbenedict.de